DREAMLANDSの料理人

高生椰子

東京図書出版

DREAMLANDSの料理人◎目次

I　芳豆

「ねぇ、続きを聴かせて……」

ラブホテルのベッドで横たわっている私に彼女は言った。私の話が行為の前の儀式のようになっていた。

彼女と私は数カ月前に電話での出会い系で知り合った。この頃はまだスマホなどなく、ガラケーの携帯電話がようやく出回る時代だった。毎日のように連絡してくる彼女には何故か惹かれるものがあり、2カ月後に会うことになりその日のうちに関係を持った。

私は東野《ひがしの》孝之《たかゆき》、59歳、独身で小さな会社を経営している。妻がいないことで何かと不自由なこともあり、結婚相手を探していた。彼女は娘ほど年下ではあるが、落ち着いた話し方と聴き上手な所が気に入っていた。彼女の名前は多田《ただ》旺子《ようこ》、37歳、私たちはどちらも離婚歴があった。

「どこまで話したかな」

「だから、その芸者さんのテクニックってとこまで」

芸者？　ああ、私が17歳の頃に出会った初めての女のことか。多分、歳は10歳くらい上だっただろう。芸名は確か「芳豆《よしまめ》」と言っていたが本名は知らなかった。その頃の私は見習いで料理屋の調理場に入ったばかりだった。それまでは中学を卒業してすぐ田舎の魚屋で丁稚奉公をしていた。

私の母は田舎とは言え、徳島では名の知れた町会議員の娘として生まれ育った。父は旧制の高等学校に進学していたが、学業について行けず卒業間近で中途退学をした。志半ばで挫折した父に何があったのかは知らない。父は徳島に戻ってきたものの仕事もせず毎日本屋に通いだした。一日中本屋で過ごしているうちに文学にのめり込んでいった。

父と母の出会いは父が通い詰めていた本屋だった。母は、祖父から頼まれた本を調達しにその本屋に行くことがあった。いつ行っても出会う文学好きな青年に母は憧れと恋心を持つようになった。いつしか二人は時々会話をするようになり、母の猛アタックで付き合い始めた。

周囲は反対したが、若い二人には何も見えなかった。特に母は、父と一緒になれなかったら死んでやると両親を脅したそうだ。結局、周りが根負けして二人は晴れて夫婦になった。父が22歳、母は20歳だった。
父は自らも小説を書いていた。作品を投稿してはいたが、日の目を見ることはなく落選ばかりの日々だった。もちろん小説の仕事などない。知り合いの小さな出版社から、時々エッセイの仕事を頼まれ、僅かな収入を得ていたようだ。見兼ねた母の親族は別れるように説得したが、母は受け入れなかった。そのうちに私が生まれ、それから弟が二人できた。生活は貧しかった。父の僅かな収入だけでは全く足りなかった。母は和裁も洋裁もできたので、仕立ての仕事を貰っていたが殆どの生活費は母の実家からの援助であった。日々の生活がやっとであった上に太平洋戦争が起こってから事態はもっと深刻になっていった。

昭和20年7月の徳島大空襲の時、私はもうすぐ10歳になろうとしていた。家もなく金も仕事も無くなり、徳島の市街地に住めなくなった私たちは母方の親族を頼り、徳島の山奥へ引っ越しをした。その家は親族の納屋の2階にある狭くて薄暗い10畳程の部屋だった。どんな環境であっても私たち親子にとって、住む所があることは有り難かった。

相変わらず父は本を読んでいるだけだった。その上、酒を飲むようになっていた。毎晩のように酒を飲んでは母に言いがかりを付ける。現代《いま》で言うモラハラだ。暴力こそなかったが、母をなじり、私たちのことを役立たずと罵《のの》ることは日常茶飯事であった。それでも母は父に逆らうこともなく甲斐甲斐しく父に従っていた。私はそんな父を憎み、母を大切にしなければいけないと思っていた。だがこの時は私が父の遺伝子を受け継いでいるとは思ってもいなかった。

転居した先は山奥だったので、小学校へは家から徒歩で片道1時間もかかった。道端に生えている雑草を取って食べたり、虫を捕まえたりしながらの山越えの往復を弟や友人たちとで楽しんでいたことを覚えている。

中学校に通うには汽車に乗らなくてはいけなかった。毎朝、汽車の時刻に間に合わせるよう必死になって駅まで走った。汽車が警笛を鳴らして近づいて来る。

私は走る、走る、走る。

息を切らせてようやく間に合う。毎日がそんな日々だった。

親族の家にいた頃は山林地帯であったので、山でのアルバイトができた。山に入り森林の伐採を手伝う仕事だった。道などない急斜面を伐採された樹木が転がり落ちるのを回収する。下手したら自分が大木の下敷きになる。私は樹木を追い越し走る！

スピードと集中力、緊張感が快感だった。

中学を卒業する時、私には高校進学の希望はなかった。そんなことは分かっていた。私の進路というより就職先は愛媛県にいる知人の魚屋の丁稚だった。

「おばあちゃんが決めてくれたのだからしっかり働いて弟たちの面倒を見て……」

母はそう言って私を見送ってくれた。長男として生まれた限り母の言う通りだと思っていた。誰にも甘えられず、定められた運命なのだと……。

魚屋の仕事はきつかった。漁で引き揚げられた魚を捌《さば》くのだ。魚の鮮度を保つため冷たい手作業をしなければならなかった。冬場は手指の感覚など無く、朝早くからその作業が延々と続く。16歳の私にとってこんなに辛いことはなかった。

魚屋は1年半で辞めた。それから、大阪の料理屋で修業をするようになった。私は17歳になったばかりだった。料理屋の年老いた板前が私の師匠になった。私は魚だけは捌《さば》けたが、料理のことは知識も経験も全くなかった。料理界では師匠のことを親父《おやじ》と言う。親父は和食の達人ではあったが、酒乱であったので大阪と言っても華やかな街ではなく、場末の料理屋で細々とやっていた。

親父は酒乱とはいえ、酒を飲まなければ穏やかな人だった。料理は一流以上であり客の評判も上々だった。店側はそんな親父を手放すことはしなかった。元々は京都の料亭の料理長だったが、ストレスで酒に走ったらしい。


私は親父から和食の全てを教わっていた。そんな時に芳豆《よしまめ》と知り合った。

「孝《たか》やん、今日は何時帰り?」

「僕は、料理出して片づけたら帰れます」

「ほなら、うちが晩ご飯おごったるさかい」

「えっ! 姉さん、俺に?」

芳豆は時々料理屋に来ていたことは知っていたが、見習いの私のことなどは知る由もないと思っていたので驚いた。その晩、芳豆に連れて行かれたのはアフターの食堂だった。

「孝やん、あんた痩せすぎや、もっとええもん食べんとあかんわ、マスターこの子にいっぱい食べさして」

私はこの時ガリガリに痩せていた。戦時中は食べる物もなく、芋の蔓でも平気で食べていた時代である。日本の国民は皆私のように痩せていた。メタボという言葉すらなかった。

芳豆はその後も私を食事に連れて行ってくれた。ある日、芳豆は私にこう言った。

「孝やん、うちね、ある旦那から身請けを言われているんやけど、うちは借金もあらへんから、身請けなんて言葉は違うんやけどな、その爺《じじい》がお金やるから俺の女になれ、みたいな、まぁ愛人契約やな、でもうちはあんな爺は嫌やねん、あんたとならえぇけどな」

私は困ったが、芳豆を護るためには何とかせねばと思った。

「孝やん、うちと一緒になろうな、そしたらあんな爺から逃《に》げられる」

私はまだ17歳、女と駆け落ち?!　そんな決断ができるはずもない。借金がないなら、愛人契約などする必要もなく、単に断ればいいのではないかと思ったが、年上の芳豆にそんなことを言える勇気はない。ただただ、芳豆の思うように事が進んでいった。それが芳豆の思惑だとは知らずに……。


3カ月後、私は芳豆のアパートに転がり込んでいた。着物がいっぱいあった。帯や帯締めや和服のことは全く分からなかったが、芳豆が全て教えてくれた。

「孝やん、和食職人になるんやったら着物のことも知らんとな、それからお茶やお花の作法も知っておかなあかん、うちがお金出したるさかいお茶とお花の教室で勉強して立派な和食職人になるんやで」

芳豆のお陰で私は料理に必要なことや、礼儀作法を学ぶことができた。それ以上に男と女の作法に関しては芳豆が全て教えてくれた。男は女を悦ばせることが男としての勲章だということを芳豆から教わった。

「若い人はええなぁ、皮膚《はだ》がはちきれてるわ、歳いったらあかんわ、孝やんは綺麗な身体やなぁ、うちはあんたのためやったら何でもしてあげるわ」芳豆は毎晩私の身体を弄《まさぐ》っては何かを忘れようとしていた。


私は、芳豆の若いツバメのような存在であった、というより完全にツバメだろう。けれど私は本当の意味でのツバメではないと自分では思っていた。何故なら私は働かないただのヒモ男ではなかった。仕事は毎日きちんとこなし、その分の給料は家族に仕送りをしていた。元々、酒は飲めなかったので、同僚と飲みに行くこともなく、ギャンブルも好きではなかった。必要な物は芳豆が全て調達してくれていたので、私生活では芳豆のお陰で金に苦労はしなかった。

私には人に言えない出来事がある。

私が休みの日は、芳豆の踊りの稽古に同伴していたことがあった。

「孝やん、おっしょさんが、男の人はあかんていわはるさかい、向かいのやまと屋で待っていておくれ、やまと屋の旦那はんにはうちから頼んでおいたさかい」

踊りの稽古場は他の生徒さんが来ることもあり芳豆の師匠がツバメのような男を連れて来るなと言ったのだろうと思った。やまと屋は芳豆が贔屓にしている呉服屋である。

私は芳豆に言われたように呉服屋に行った。そこの旦那さんは着物が似合う細身の美男子だった。

「タカさんやね、ほんま、若いね」

その旦那さんは40歳台前半だったろうか、私が行くたびに着物の話をしてくれたり、お茶をご馳走してくれたり退屈しないようにもてなしてくれていた。

ある日、芳豆は体調が悪いので踊りの稽古を休んだ。

「孝やん、おっしょさんとやまと屋の旦那はんに行かれへんと言いに行っておくれ」

私は踊りの師匠と呉服屋の旦那さんに報告に行った。

「わざわざ、ありがとうな、芳豆は月のもんの時には具合悪なるさかい、かめへんで、おおきに」と師匠は理解してくれていた。

呉服屋に行くと、旦那さんはこう言った。

「タカさん、せっかく来はったんやさかい、ゆっくりして行きなはれ、芳豆は一人で寝ていた方が楽やろしな」

私もそう思った。芳豆のアパートに戻ったところで、臥せっている芳豆に私は何をすることもできないのは数回経験している。しかし、翌日にはケロッとしている芳豆を見ると今はそっとしておいた方がいいと思った。

晩ご飯までに帰ったらいい、休日の夕食は私が作ることが決まりのようになっていたので、夕食前まで私は呉服屋の旦那さんと時間を潰すことにした。

「タカさん、奥の部屋に来ませんか」

旦那さんは私を自宅に招き入れ、居間でお茶を入れてくれた。だが、普段の雰囲気と違う。私のそばにピッタリ寄り添うように座りこう言った。

「タカさん、今日はいつもよりゆっくりできますやろ。若い人はえぇね、肌が綺麗やね」

芳豆と同じ台詞が聞こえた途端、呉服屋の旦那さんが私に覆いかぶさってきた。

私は死に物狂いで逃げ出した。やっとの思いで芳豆のアパートに戻った。

「孝やん、お帰り、今日は済まなんだな、何かあったんか?」芳豆はまだ具合は悪そうだった。

「姉さん、あの旦那さん変やで」

「ああ、あの人な、男色家やさかい、あんたも餌食にされたんか?」

「俺、何もしてない、逃げてきた、変態や!　あんな奴」

芳豆は真面目な顔をして私にこう言った。

「孝やん、男の人が男の人を好きになったらあかんか、女の人が女の人を好きになったらあかんか、うちはそうは思わへん。男も女も同じ人間や、好きになるのは平等やと思うで、たまたま好きになった人が同性やった、女房子どもがおった、それだけで何が悪いんや、うちは好きになった人と、その人の大切な人たちを傷つけへんかったら、好きやという気持ちは持っていてもえぇと思うてる」

芳豆が熱く語ったのはこの時だけだった。

私は芳豆に嘘を言った。呉服屋の旦那さんに餌食にされていないと言ったことだ。本当は餌食にされていた。その日は盆前の暑い盛りだった。呉服屋の旦那さんは一緒に風呂に入ろうと私を誘った。

「タカさん、こんな暑い日は行水していかはったらえぇわ、ほんま暑いし汗もかいたん違いますか、私も一緒に行水しますわ。ゆっくりしなはれ、お尻はゆっくり温めて、そうしたら身体が楽になるさかい」

男同士の風呂なので私は何も違和感がなかった。呉服屋の旦那さんは次第に私の身体を触ってきた。

「タカさん、前からこうしたいと思うてました」

と言うと私の一物に手を出してきた。それは芳豆の行為より優れたものだった。男に抱かれているというより、男女を超越し気が遠くなるテクニックだった。私は黙って受け入れてしまった。そして、呉服屋の旦那さんのリードのまま終わってしまった。終わった後の罪悪感と嫌悪感で急いで芳豆の所に帰った。芳豆はそのことを承知で呉服屋の旦那さんに私を預けたのだろうか……。

親父が肝臓を患い料理屋を辞めることになったので、私は親父の伝手《つて》で和歌山の旅館に行くことになった。親父は別れる時に私にこう言った。

「タカ、料理はな、人を幸せにするんや、美味しいもん食べたら嫌な気持ちにならへんやろ、むしろ温《あった》かい気持ちになるやろ、わしらの仕事は人様のお役に立てる大事な仕事なんやで、タカは立派な料理人になって人様の夢を叶えなあかん。わしは横文字がようわからんけど、何や夢は英語でドリイムて言うんやな、そんなドリイムな気持ちにさせる料理人にならなあかんで、ドリイムランドやな」親父のカタカナ英語は何か変だったが、伝わってくるものがあった。

暫く大阪には帰れないとなると芳豆は私の荷物を自分のアパートに置くのは困ると言い出した。

「孝やんには悪いけど、うちにも生活があるさかい」

徳島から身一つで大阪に来た私に大した荷物もないので、全て処分した。芳豆が待っていてくれると期待していたのは後になって間違いだと分かった。

和歌山の旅館では板長もおらず、私以外は皆追い回しか、下働きのおばちゃんだけだった。私は自由に自分の料理ができた。リピートの客にも恵まれた。その上、旅館のオーナーから娘と一緒になってくれという申し出までもらった。私にとっては老舗旅館の跡取りとなる絶好のチャンスだった。しかし、芳豆のことが気になる。その上、旅館の娘は5歳も年上、大柄な女で私の好みではない。この娘と一生添い遂げる自信はなかったし、貧しくても私は東野家の長男としての役割を果たさねばならないので、婿養子には入れない。旅館のオーナーに暫く時間を下さいとか何とか言い訳をし、大阪に戻った。二度と和歌山には戻ることはないと決めていた。

大阪に戻る1年前に親父は亡くなっていた。その時は、和歌山の旅館が忙しく葬儀には出られなかった。皮肉なことにも遅ればせながら、大阪に戻ってきてからの弔問になってしまった。

一人残された親父の奥さんは寂しそうであったが、酒乱の夫からやっと解放されたという安堵感も感じられた。

「タカさん、帰ってきはったんか、うちとこが生きていたら仕事の口利きくらいできましたのに」

「おかみさん、仕事は調理師紹介あっせん所から紹介してもらうし、親父に仕込まれたこの腕があるさかい何処でも行けます。おかみさんこそ身体は大丈夫ですか？」

「タカさんおおきにな、わては大丈夫や、うちとこが死んだのは寂しいですけど、何かほっとすることもあります、うちの人のことで心配せんでえぇさかいな」

親父の奥さんの言葉は本心だろうと思った。

「おかみさん、芳豆はどないしてる？」

「相変わらず若い男の人と一緒に歩いてはるのを見ますけど、引っ越しはしてはらへんみたいやで」

私は迷わず芳豆に会いに行こうと思った。それは私自身のけじめを付けたかったからか、もう一度芳豆との生活を夢見ていたのか、その若い男がどんな奴なのか、私より優れているのか、劣っているのかを知りたいのか、そのどれもが当てはまっているのかどうかは分からなかったが何しろ芳豆に会わねば私は次へは進めなかった。


芳豆のアパートに行くと、そこには私より若い男がいた。

「あら、孝やん、戻ってきたんやね。元気そうで良かったわ」

芳豆が私の荷物を全て放り出したのは、次の男の為か、この女は男なしでは生きていけないのか、芳豆がどんな人生を歩んできたのかは知らない。本当の年齢も本名も知らないが、芳豆という女は私にとってはなくてはならない存在になっていた。芳豆に可愛がられ、芳豆に育てられ、芳豆に愛され、芳豆を愛し、芳豆に捨てられた私はこれからどうしたらいいのか分からなかった。この時、私は24歳だった。

別れてからも芳豆の思い出が蘇る。芳豆が語った言葉、愛し合う時の表情や声の全てが私の脳に刻み込まれていた。

「うちな、若い時にすごく好きな人がいたんや。その人は奥さんと子どもがいる人やったけど、うちはその人の家庭を壊してまで一緒になろうなんて思ったことはなかった。たまに逢うだけで十分やった。そやけどな、その人の奥さんが自分の旦那が浮気していると知って、うちに会いに来たんや。

奥さんはええとこのお嬢さんやったから、プライドが高いお人やった。

ここに30万円※ありますから、夫と別れて下さいと言わはった。

奥さんの実家はえらい金持ちで30万円くらいは高が知れてんねやろな。そんなお金は要りません言うても、引き下がらはらへんかったから奥さんを立てて、お金を貰《もろ》うてしもうたわ。それっきりや、そのお金で着物を買《こ》うて、若い男と遊びまくって全部使《つこ》うてしもうたわ」


芳豆は男に捨てられた悲しみを忘れるために若い男と遊んでいただけなのだ。若い男なら自分の言いなりになる、ペットのような感覚、寂しさを紛らわすにはそうすることしかできなかった。

手切れ金が30万円、今の価値なら１０００万円くらいか、芳豆はその金を全て使い切らなければ男を忘れることができなかったのだろう。

私にとっては芳豆が初めての女……。芳豆と別れても芳豆との思い出が私に一生涯つきまとう。それは女の肌の恋しさと女が男を慕う悲しい心だ……。

※30万円……昭和26年頃の物価は変動が激しく公務員の初任給が５５００円という資料から換算すると1万円が今では30～32万円と推測する。

II 料理番

「それで東野さんは芳豆さんと別れてからどうしたの？」

旺子は会うたびに私の身の上を興味津々に聴いていた。私も話すことで過去の思い出が整理され、気持ちがすっきりしていくのを感じていた。そんな聴き上手な旺子に次第に惹かれていた。


私は、調理師紹介あっせん所から次々と仕事先を紹介された。地方の旅館や大阪の料亭を転々とした。それでも茶道と華道の学びだけは継続していた。中卒である私にとって、和食の道をさらに極めなければこの道では一目置かれないからだ。


28歳の時に徳島の母から連絡が来た。

「孝之もそろそろ嫁さんを貰《もら》わないけん、ええ子がおるから一回会《お》うてみてほしい」

母からの見合いの話を断り切れなかった。7歳年下の咲子は徳島でデパートの販売員をしていた。見合いからすぐに咲子は大阪に来た。私たちの新婚生活は四畳半のアパート暮らしから始まった。

翌年、調理師紹介あっせん所から「大坂歌舞伎座」での仕事を紹介された。大坂歌舞伎座を訪れるお客様のために幕の内弁当を作る仕事だった。幕の内弁当だけではお客様が飽きる。何かアイデアはないかと考えた。私は歌舞伎の幕間に出来立ての天婦羅や寿司を出すサービスを考案した。やってみたところ、これがお客様に受けた。私の料理は美味しいと評判を得、いつしか社長の耳まで届いた。

「東野さん、社長がお呼びです」

社長秘書が調理場に駆け付けた。私は社長から叱られクビになるのか、社長は厳しい人であることは噂で聞いていた。私の料理で客からクレームが来たのか、私は何を仕出かしたのだろうと、クビを覚悟で社長室に恐る恐る出向いて行った。

「東野と申します……」

私は深々と頭を下げた。社長の顔など見られたものではなかった。ずっと下を向き、拳を握り締めたままだった。

「東野孝之君か、君の料理の評判はよう聞いています。どや、わしの料理番にならへんか？」

えっ?! 今社長は何ておっしゃったんや?

私の聞き違いか、私の頭が変になったのではないかと思った。そして、ゆっくりと頭を上げた時、この時初めて私は社長の顔を見ることができた。厳しさの中にも優しさがある眼が印象的だった。

私は天にも昇る想いだった。昭和の興行師とまで言われた天下の大会社の社長の料理番に私が抜擢された。

信じられない!

だが、そんな舞い上がった気持ちはすぐに失せてしまった。

「タカを呼べ!」

社長の大声が会社中に鳴り響いた。私は社長から可愛がられているものだと勘違いしていたがそうではなかった。

「お前はこんな料理で客を満足させられると思うてるんか、あかん! 客から金を貰う限りは最高のもん出さんと、もう一回やり直せ!」

その時は社長の怒りが怖くて、こんな会社辞めてやろう、他にも行く所はいくらでもある、と驕った気持ちでいた。

　そんな悶々としている時、大坂歌舞伎座で芳豆と偶然にも遭遇した。芳豆と同年代くらいの男が一緒だった。

「孝やんやないの、久しぶりやね」

「姉さんこそ、お元気ですか？」

「うちな、この人と一緒になるんや、この人な、こちらの社長はんのお店にお醤油を入れているお店をやっていますんや」

　芳豆と一緒にいた同年代の男は軽く私に会釈した。つられて私も頭を下げた。うちの店に調味料を入れられる店は限られている。その筋の安定した企業でなければ取引先にはなれなかった。だとすれば、芳豆は玉の輿に乗ったということになる。私を捨て、別の男も捨て、最後には安全牌を拾うところが、さすがに芸者だと思った。

「孝やん、こちらの社長はんにえらい気に入られているようやね、うちからもように頼んどいたさかい、おきばりやす。社長はんは仕事には厳しいお人やけど情の深い方やさかい孝やんが頑張れば認めてくれはる、うちも孝やんがここで立派になっていくのを見るのが楽しみやわ。ほならまた来させてもらいます」

えっ？　芳豆は社長と知り合いだったのか、私は花柳界のネットワークの深さに改めて驚いた。

それから私は社長のいつもの言葉、「タカを呼べ！」が怖くなくなった。社長はお客様のため、社員のため、社会のためをいつも口にする人だった。社長のためなら私はどんなことでも尽くしていけると思い、誠心誠意仕事に励んだ。

この会社は社長が底辺から築き上げた会社だ。私にとって社長は憧れ、自分には手の届かない人ではあるが、いつか私も男として社長のように成功したいと思っていた。


時は高度成長期、子どもが生まれることになったので、四畳半では狭すぎる。当時は公務員や銀行員等の収入がきちんとした者でないと入居できない団地を申し込んだら幸運にも当選し転居した。

妻の咲子は生娘であった。芳豆のように女としての魅力はないが、従順な性格と小柄な身体が私の好みであった。一緒になってからはどんなに帰りが遅くなっても食事を用意して待っており、夜の生活も拒むことはなかった。芳豆へのような激しい恋心はなかったが、結婚というものはそうでなければ続かないのであろうと思っていた。私は毎晩、咲子の肌に触れることで芳豆への想いを忘れていった。

仕事は順調だった。社長の料理には最高級の食材が使えた。仕入れも業者も全て自分一人で決めることができた。私は有頂天になっていた。社長の料理番だということで皆がチヤホヤし出したのだ。まだ30歳そこそこだがそれは自分の実力だと勘違いしていた。そんな自惚れている私に社長は厳しかった。毎朝、社長が出勤するとコーヒーを淹れるのは私の役目になった。和食しか知らない私はコーヒーなど淹れたことはない。喫茶担当に特訓で教えてもらい、何とか社長のお気に入りを出せるまでに半年はかかった。

ただ、その毎日が苦痛の連続であった。コーヒーをお出しする際には業務報告をしなければならなかった。前日の売り上げと仕入れの収支、料理メニューも詳細に説明し、お客様の人数はもとより年齢層から男女の区別や時間帯、お客様からの苦情や逆にお褒めの言葉、その日あった全てのことを伝える必要があった。

この毎日の報告が苦痛でたまらなかった。料理人は料理を作ってなんぼのもんやと思っていたが、こんな営業の仕事までさせられるとは思ってもいなかった。料理人、言わば職人にとって侮辱のように思っていた。何故なら、私は大阪府高槻市の庖丁道の祖として崇められている寺で庖丁師を務めた料理人であるからだ。料理人なら誰もが憧れる経験をしている私に営業マンの仕事が何の役に立つのか、社長の真意が分からなかった。

ある朝、いつものように社長にコーヒーをお持ちするとこう言われた。

「タカに話がある」

「はい、何でしょうか？」

「今度、芦屋に店を出すことにした。わしの別荘を料理屋に改装して、高級料亭にする。そこにタカ、お前を料理長として行ってもらうことにする」

「はい、社長、喜んでお受けいたします」


何という、幸運だろうか！　この時社長は日本で一番勢いのある経営者であった。高級であろうが、庶民であろうが世の中のニーズに合わせ、どんどん事業を拡大していた。その勢いは凄まじいものだった。そうか、社長が私に業務報告をさせていたのは料理長教育だったのだ。私はやはり社長に認められていたのだ！

私はこの時、自分はこの料理界では頂点に君臨するに違いないと思ってしまった。何故なら私は日本一の社長の料理番であったからだ。

Ⅲ　蘆《ろ》甲《こう》荘《そう》

「へぇ～芦屋のお店だから、お金持ちのお客さんばかりでしょ、どんな人が来たの？　政治家？　芸能人？」

　旺子は楽しそうに私の話を聴いてくれる。それにつられて、ついつい私も面白可笑しく語ってしまうのだった。


　社長の別荘を改装した料亭は途端に評判になった。開店当初は政界、業界のお偉いさん方が引っ切り無しに来店し、店はてんてこ舞いの忙しさだった。社長は、蘆甲荘以外にも主要都市には次々と高級料亭を出店していたので、蘆甲荘は次第に開店当初のような賑わいはなくなった。

　これから先、料理長として売り上げを落とすわけにはいかない。また、社長の「タカを呼べ！」が聞こえてくるに違いない。

ある日、本社から連絡があった。「店の総務兼経理を担当する者を寄こすからよろしく」という内容だった。それまで店には事務方はいなかった。時々、事務員が本社から伝票整理に来るだけだった。本社曰く、こちらも業務で追われているので、各事業所にその役割を担ってほしいという理由だった。

数日後に総務兼経理担当者が来た。名前は「岸篤代《きしあつよ》」と言った。小柄で華奢な身体、眼鏡を掛けお世辞にも美人とは言えないがどこか幼げな少女のような顔立ちの女だった。5歳年下、妻よりも2歳年上だった。彼女は私に対して物怖じせず発言した。それは、篤代が九州の大分から来たばかりで、私の立ち位置を認識していなかったからであった。

当時、私は社長のお抱え料理番として皆から注目されていた。誰も私に逆らえる者はいなかったにもかかわらず篤代は今日の売り上げは赤字だの、どこやらの仕入れは前回より高いだのと細かいことを言う女だった。誰にモノを言っているのか、初めはうっとうしい印象しかなかった。

「料理長、先月の領収書が提出されておりません。早く出してもらわないと困ります」

「そんなもん、忙しくてどこかの引き出しに入れたままやろ、そんなに言うならお前が探してこい！」

当時、私は各業者と上手く取引をしていた。それは、少額でもバックマージンが私の懐に入るように駆け引きすることだ。

「料理長、これですか？　料理長の上着のポケットに入っていました」

篤代が持ってきたメモは、業者からの本来の仕入れ値と私への支払いの金額を書いたものだった。

「いや、それじゃない、それは交渉していた時のものだ」

私はとっさに言い訳をしていたが、篤代は何もかも悟っているのだという表情であった。

「料理長、メモはメモ、きちんとした領収書を提出してください。紛失したなら私が先方さんに再発行してもらうようにいたします」

当時、会社側は仕入れ業者を料理人に決めさせるのではなく、会社組織として一括仕入れすることで、値引きをはかろうと考えていた。料理人に持って行かれる分は会社の損失なのだが、決して違法ではない。

会社側は食材にこだわる料理人に一括仕入れを受け入れさせるために業者側の情報が必要だった。会社の規模が大きくなるにつれ、組織としての経営は昔ながらの商売では成り立たなくなっていた。

そうは言っても、業者たちも自分たちの食材を何とか納めなければならない。そのためには料理長を抱き込むしかない。仕入れ業者は競争だった。会社側は仕入れ実態を把握する理由で各支店に経理と称して人材を配置していった。

私は日々の仕入れで日銭を稼ぎ、徳島の母や弟たちに仕送りをしていた。給料の全額は妻へ渡し、自分自身の小遣いや徳島の母や弟たちへはバックマージンを充てていた。普通なら余裕のある金は妻のため、子どものためと考えるのだろうが、私にはピンとくるものがなかった。給料以外の副収入は自分と身内のために使っていた。確かに妻や子どもは大切だが、恋焦がれるというものではなかった。恋といえば、芳豆は初めての女であるが、一生涯共に過ごす相手ではないのは分かっていた。妻はただの見合い相手、恋愛感情もないが、従順しさが愛おしいだけだ。

私が求めていたものは、ただ私に従うだけでなく、私と対等に向かい合える力量があり私を包み込み、私を愛することができるいわば母の存在だったのかもしれない。

篤代の存在が会社側のスパイだとしたら、この女に私の取引を知られては困る。当時の業者からのバックマージンは、月々の給料の2倍はあった。その金で私は私腹を肥やしていた。私の財布には常に50万円以上は入っていた。財布といってもそれはただの輪ゴムである。札束を輪ゴムで留めて、上着の内ポケットに入れておくのが私流だった。

徳島の実家に帰った時に母に言われたことがある。

「孝之はいつもそんな札束抱えて大丈夫か？　金は大事なもんやけん、輪ゴムなんかで留めたらバチが当たる。そないなことしたら、いつか金に困ることになるじゃろ。母ちゃんは心配じゃ」

「母ちゃん、大丈夫や、俺には日本一の大会社の社長がついているけんな」と言っては帰省する度に母には数十万円を渡していた。

その金が入らなくては困る。私は篤代には十分警戒し、業者にも上手く取り計らった。それと共に私は常に立派な料理長であるかのように言葉遣いや部下への配慮には気を付けていた。全てがバレないように……。

ある日、篤代が困った顔をして私に報告に来た。

「料理長、迷い犬がこの庭に住み着いております」庭といっても社長の別荘である芦屋の山の手、壮大な面積があり、猪が来ることは日常だった。

「どんな犬や？」

「シェパードみたいです、大きな犬です。私が声を掛けるとこっちを向いてくれました」

「芦屋の金持ちが飼っていたんやな、何らかの都合で飼われへんようになって手放したんやな」

当時は、テレビ番組でアメリカの大型犬シリーズが流行っていた。名犬シリーズのコリー犬や警察犬シェパードの物語だった。それが日本でも放映された途端、その犬たちがヒーローになった。コリー犬やシェパード犬のような大型犬を飼うことが金持ちのステータスになっていた。

「その犬はいつ頃来る？」

と篤代に聞いた。

「夕方くらい……」

私たちは夕方まで待った。篤代の言うように17時にその犬は来た。雄犬で犬種はシェパードのようだ。お腹が空いているのか私の傍に来て私の手のひらをクンクン嗅ぎまわっていた。人間には慣れているようだ。誰かに大切に育てられたのだろう、私は彼の頭を優しく撫でてあげた。腹が減っては可哀そうだ、私は戦争時代の自分を重ねた。篤代に調理場の残り物を取りに行かせた。篤代もそう願っていたかのように調理場から牛肉や魚の残り物を持ってきた。美味しそうに食べる犬の様子を見て、私も篤代も同じ想いを持った。

同じ想い、私たちには共通した何らかの想いがあった。その時は、それが何だか分からなかった。

「料理長、この子に名前を付けてあげましょう」と篤代が言った。

「名前？」

「だって、名前がなければ、ご飯の時に呼べないでしょ」

当時は怪獣やロボットが流行っていた。私たちは彼を「カロ」と呼ぶことにした。怪獣とロボットを合わせて「カロ」、今思えば変な名前だ。カロは私たちに懐いていた。お客様が来る頃はどこかに潜んでいてくれた。朝晩の食事の時に、「カ〜ロ〜」と呼ぶと何時でも出てきてくれた。

篤代はＪＲ芦屋駅から通勤していた。蘆甲荘からＪＲ芦屋駅までは徒歩30〜40分程かかる。店が終わってからの時間にはバスはもうない。その道のりをカロは篤代を送ってから戻って来ていた。「忠犬カロ公」と私たちは呼んでいた。子はかすがいと言うが、犬も人間の子ども以上に可愛らしく、犬はかすがいだと思った。

篤代はそれまで私に対して事務的で攻撃的な態度のように感じていたが、カロを世話するようになってから、篤代の私に対する態度は変わった。私も篤代がただのうるさい事務員とは思わなくなっていた。


「料理長、カロを正式にこの店で飼うことはできないのでしょうか？」

「それは無理やと思う、うちは料理屋やからな、客によったら嫌がる人もいる」

「それなら、カロを誰かに引き取ってもらった方がいいと思います」

篤代が本心から言っていないことは分かっていた。自分がカロを引き取りたいと思っていたのだろう。しかし、篤代はアパート暮らしでペットを飼うことなどできなかった。優しい心を持っているのだな、案外この女は私の気持ちが分かる女なのかもしれない、と思った。


カロのことで私たちが悩んでいると、その悩みを打ち消すかのように、ある日保健所から連絡が来た。

「お宅にシェパードの迷い犬がいると聞いています、その犬に興味を持った方がいらっしゃいますのでご訪問させていただいてもよろしいでしょうか」

連絡をしたのは誰だ？　篤代かもしれない、けれど何時までも会社に黙ったまま迷い犬を飼っているわけにはいかなかった。もし、社長の耳にでも入ったら、私は即刻クビになる。保健所からの連絡に私は少し安堵した。

保健所の職員と一緒に来たのは警察の人だった。

「シェパードと聞いていたので、もしかしたら訓練次第で警察犬になるかもしれないと思ったので……」と保健所の職員は言い訳のように言った。それに引き続き警察の職員が言った。

「いい犬ですね、この子なら訓練次第で警察犬になるかもしれない、是非引き取らせてほしい」

1週間後、カロは兵庫県の警察職員と共にこの蘆甲荘を卒業していった。その日、篤代は大分の親族の法事で休暇を取っていた。篤代は自分の子どものように可愛がっていたカロを見送ることができず、さぞ悲しかっただろうと私は胸を痛めていた。休暇を終えて帰ってきた篤代にそのことを報告するとあっさりこう言った。

「よかった、カロちゃん警察犬デビューね」しかし私は篤代が心からカロの警察犬デビューを喜んでいるのではないことは分かっていた。仕事が終わると芦屋駅まで送ってくれる彼氏がいなくなったのだから、辛くて苦しいことは鈍感な私でも分かる。

「岸さん、今日は私と帰りませんか？」と、とっさに私は言ってしまっていた。

「料理長はお忙しいから、大丈夫です」

そうは言われても一緒にカロの世話をしていた私にも責任がある。篤代だけに悲しい思いをさせたくはない、何とか篤代を元気にさせたい、何とか篤代を幸せにしてあげたい、何とか篤代を元の篤代にしてあげたいと思っていた。これは何なのだろうか、篤代への想い……。


その晩、店が終わると私と篤代は芦屋駅まで歩いていた。

「料理長ってバックマージンばかり貰っている悪い人かと思っていましたけど、優しいところもあるのですね」と篤代が恥ずかしそうに言った。私が業者と取引していたことは篤代にはお見通しだった。しかし、何故会社に報告しなかったのだろう、とは思いながらも今は篤代との時間を楽しみたかった。

「いや、俺はただ岸さんが、カロがいなくなったので心細いやろうと思ったから、それに夜道に女一人で歩いたら危ないさかいな」

「カロが来るまでは私一人で駅まで歩いていましたけど」

篤代は私の気遣いを分かっていながら、それを否定するかのように言った。その返し文句が他の女とは何かが違うと思った。素直に「嬉しい、ありがとうございます」とは言えないのかと思った。だが、社長の料理番である私にこれだけ言える女は会社にはいない。逆にますます篤代に興味を持つようになってしまった。

篤代は何故ここに来たのか？　私は前から疑問に思っていた。

「岸さんは九州出身だったよね、向こうでは何をしてたんや」歩きながら私は篤代の身の上話を聞いていた。

「大分の父の店で、店と言っても洋装店ですけど、そこで販売や経理の仕事をしていましたが、父が亡くなったので店も畳んで親戚の紹介でこの店に来ることになりました」

「お父さんが亡くなっても、岸さんは娘さんやから跡を継ぐことは考えへんかったんか」

「私は父の妾の娘ですから、本妻さんの息子さんや娘さんが決めたことです」

私は聞いてはいけないことを聞いたような気がした。しかし、篤代は淡々と喋り続けた。

「母を早くに亡くしましたので、父の元に引き取られました。兄も姉も実の妹のように接してくれました。ですから、私は遠慮もせず父の本妻さんの子と同様に育てられました」

「本妻さんは？」

「母が亡くなる前に父と離婚したようです、原因は私です」

夫に妾がいて子どもまでいることを知った本妻は出て行ったのだという。

「お父さんは岸さんのお母さんを本妻にしなかったの？」

「母がお断りしたと母方の祖母から聞いています、本妻さんを追い出してまで自分が後釜に入るなんて、そんなことを思って父と関係を持ったのではない、純粋に父が好きだったからだと思います。私も父が好きでした」

私は芳豆の言葉を思い出した。

「うちな、若い時にすごく好きな人がいたんや。その人は奥さんと子どもがいる人やったけど、うちはその人の家庭まで壊して一緒になろうなんて思ったことはないんや。たまに逢うだけで十分やった」

芳豆は健気な女だったのだ。そんな健気な女心を踏みにじった男が悪いのか、いやその男も悩んだに違いない。芳豆の心の痛みがわかったような気がした。

「料理長、私はあっちのホームですから」

そうか、篤代は灘駅のアパートと言っていたな、私は大阪方面だから反対方向になる。

「料理長、ありがとうございました」

　篤代は反対側のホームで手を振ってくれていた。

　この日から篤代と私は親しくなった。けれども私は家庭がある身、篤代に惹かれていても決して一線だけは越えないようにしていた。仕事の終わる時間が同じなら篤代と駅まで歩いた。ある日、店が休みの前日に篤代はこう言った。

「料理長、ご飯でも食べていきませんか？」

「ええけど、こんな時間に開いている店はないやろ」

　篤代は恥ずかしそうにこう言った。

「良かったら、私のアパートならお腹の足しにできるものくらいはありますけど」

「女性の部屋に行くのはちょっとためらうな、俺が何かしても大丈夫なら行くけど」

　篤代はふっと笑ったような顔をした。

「料理長に何をされても私は大丈夫です。むしろ、そうしてほしいと思っています」

　これがボーイハントということかと思ったが、据え膳食わぬは男の恥、だとしたら行かねばならない。妻には職場の皆と食事に行くので帰りが遅くなる、明日は休みだから場合によっては明け方になると嘘の電話を入れた。

篤代のアパートは狭い部屋だった。キッチンの横に風呂とトイレがある。もう一部屋は6畳くらいだろうか。その6畳間に小さなテーブルを置くと、饂飩《うどん》を準備してくれた。私は酒が飲めなかったので、その饂飩だけで十分だった。その後はもっとご馳走を私はいただけるはずだった。

「料理長、申し訳ありません。私、料理長のことを好きになりました。抱いてほしいと思いましたから今日はお誘いしたのですが、先ほどから、生理になったようです。出血しておりますので今夜はお引き取りください。料理長が私を嫌でなければ、改めてお願いいたします」

篤代は丁寧に頭を下げた。私は篤代の言動に驚いた。その大胆な振る舞いは大人しそうな顔、華奢な身体からは想像も付かない。もしかしたら、芳豆のような魔性の女なのかもしれないと思った。

「岸さん、俺は恥ずかしい。妻も子もある身でありながら、岸さんと嫌らしいことを想像していた。しかし、岸さんの純粋な気持ちを知って俺は余計に岸さんに惹かれてしまった。妻と別れることはできないが、それでも良ければ俺は岸さんと付き合いたい」

「料理長さえ良ければ、お付き合いください。こんな不細工な私でも構わないならお願いします」

「不細工だなんて……、岸さんは俺好みの可愛い顔だ、よく見せてごらん」

私は篤代を抱きしめていた。長い口づけを交わし、篤代の乳房に触れようとした時に篤代が阻止した。

「料理長、今日はここまでにしておいてください、これ以上はさっき言ったように……」

私は紳士らしく今日のところは帰ることにした。すかさず篤代は言った。

「料理長、次の休みの前日は空けておきますから」

ということは1週間後か、篤代はその日の準備をしておけということを暗に私に伝えてくれていたのだろう。焦らしながらも期待させる、私は篤代の罠に引っかかってしまった。

1週間後、私たちは一線を越え男女の関係になってしまった。


私が篤代にのめり込んだのは篤代の身体だった。顔は美人ではないが、少女のような幼い顔立ちは嫌いではなく、博多人形のような愛らしい顔をしている。初めて篤代と関係をもった時、その身体を見て綺麗だと思った。肌が透きとおるように白くて美しい。触った感触は私の手を吸い込むように離さないしっとりさがある。大分出身の女は別府温泉の湯で肌が男を虜にする。

篤代が処女でないことは分かっていた。私は男の嫉妬からなのだろうか、ある日篤代を問いただした。

「大分でどんな男と付き合っていた？　なんでこちらに来ることになった？」

「料理長、私の過去を知って、もし私が嫌な女ならお付き合いを辞めますか？」

「いや、そういった意味ではなくて、岸さんのことをもっと知りたいと思って……」

彼女はまたもやふっと笑ったような表情をした。

「私は妻子ある男性と付き合っておりました。母がそうであったように、私には不倫の遺伝子があるのでしょう。不倫を知った兄が私をこちらに寄こしました。その男性ともそれっきりです。本当に私のことを大切に想ってくれていたなら、私を捜しに来てくれていたでしょう。でも、料理長と知り合って私はその人のことを忘れることができました」

女は新たな男ができると前の男のことは忘れることができるのか、上書き保存なのだ。逆に男は今までの女のことは全て個別ファイルに保存してある。私にとって篤代は新たなファイルなのだ。

私は仕事帰りに篤代のアパートで過ごし、自宅に戻った直後でも妻を抱くことができた。それは自分が外で別の女とＳＥＸをしたという罪の意識からか、妻に優しくし、妻を愛することで自分が犯した罪は帳消しにされているように思っていた。男が普段より妻に異様に優しいというのは多分に浮気をしているものだと自分の経験からもそう言える。

もう一つ、私が篤代と関係を持ってしまった理由、それは妻が二人目の子を妊娠してしまったからだった。妻の悪阻《つわり》が酷く、夜の生活がままならなかったからだ。一人目の子にもまだ手がかかる、夫が子育てを手伝うような時代でもなく、私は仕事を最優先にしていた。それに私も男であるので男の処理をしなくてはいけない。女が恋しいと思うのは自然なことだろう。妻以外の女と関係を持った男の言い訳かもしれないが、多くの男が抱えている問題なのは確かだ。


職場での篤代の態度は、今までどおりの関係で事務的だった。篤代は自らの生い立ちから人との関係性を良好にする術に長けていたので、私との仲は決して分からないようにしてくれていた。

蘆甲荘の売り上げが徐々に下がっていく中、私と篤代は様々なアイデアを生み出した。芦屋という高級なイメージの立地条件から、高級料亭でランチタイムを過ごすという企画を大阪の旅行会社に持ち込んだ。これが当たった。大阪庶民の奥様たちは芦屋マダムに憧れていたので、そんな気分を味わいたかったのだろう、瞬く間に連日満席になった。

次に私と篤代が考えたのは夜の企画だった。

「大切な人と過ごす隠れ家、蘆甲荘での和食ディナー」

という商品だった。もちろん個室、お客様のご希望の時間までご利用でき、ご自宅やご希望の場所までお送りするサービスをオプションに付けた。これは不倫カップルにも受けた。篤代と私ならではのアイデアだと思った。更に私たちは売り上げを伸ばすために団体客を取ることを考えた。

それは高校野球の応援に来る団体客のための昼食サービスだった。蘆甲荘は高級イメージがあり、芦屋の駅前だと思われがちだった。実際は芦屋の市街地ではなく、奥池という別荘地にあった。蘆甲荘を改装した際に社長は団体客を見込めるエリアを想定していた。何故なら、ゆくゆくは有馬温泉への経路である芦屋地域にも温泉を掘り起こし、温泉街をつくることを想定していたからだ。

社長は蘆甲荘に団体客を受け入れる施設を準備してあった。私は高校野球の観戦に来る団体客の受け入れ先としての交渉を各旅行会社と契約していった。高校野球シーズンになると大型バスで蘆甲荘の駐車場は満車になった。昼食では100人収容できる大広間が3回転、夜の食事や宴会まで予約が入った。連日連夜客足は途絶えることはなく、伸びる売り上げに喜びもあったが、あまりの忙しさに悲鳴を上げそうになった。従業員を増やし、調理場は調理師紹介あっせん所から助っ人を寄こしてもらい、シーズンは何とかやりこなすことができた。

翌年には大阪万博が開催されることを見越し、私自らが営業陣より早く旅行会社と提携して団体客の予約を取っていた。この年は万博の客と甲子園の客で忙しく、家に帰ることは月に2〜3回程度であった。家に帰るより篤代のアパートで過ごす方が職場に近かったし、篤代と過ごす時間は私にとって安らぎがあった。家族には店で寝泊まりしているということにしていた。


ある日、篤代は私の部屋に書類を持って来た。

「料理長、ここに署名と捺印を下さい」

篤代は1枚の契約書のような書類を私のデスクに置いた。いつものように万年筆と印鑑を私の右側に置いた。

その書類は妊娠中絶同意書だった。えっ？　篤代は妊娠していたのか！

「料理長、申し訳ありません、私の不注意で妊娠しました、堕《お》ろします」篤代は妊娠したことを私に報告も相談もしなかった。

「なんで言わへんかった」

「言ったところで、私は産むつもりはありません。妾の子がどんなに辛いか自分が一番分かっています。それに私は子どもが嫌いです」篤代は普段の報告のように言った。本心なのではないことは重々分かっていた。篤代は私と関係を持ってから、自分は母のように死ぬまで妾の存在でいるという覚悟をしていたのを知っていた。私に依存することもなく、逆に私の仕事をサポートしてくれる頼もしいパートナーだった。子どもは嫌いと言うが、篤代が本当は保育士になりたかったのを聞いたことがある。迷い犬のカロを世話していた頃は自分が母親のように接していた。私との関係がなければ他の誰かと結婚し、幸せな家庭を持っていたかもしれない。私が篤代の幸せを奪った犯人だということは明らかだ。それでも篤代は私に付いてきてくれていた。

　私たちが共通している想い、それは夫々が親に捨てられた経験があることだ。私は捨てられたというわけではないが、中学を卒業すると口減らしと仕送りの役割しかなかった。篤代は私とは立場は違うが、母に先立たれ義理の兄姉の元で気を使いながら育った環境だった。親に捨てられた……と篤代も私もそう思っていた。

蘆甲荘に来て4年の月日が流れた。私は篤代の生活費を担うことはしなかった。それは篤代が嫌がったからだ。

「料理長、私はお金が欲しくて料理長と付き合っているのではありません。私の生活は私が働いたお金でやりますから……」

自立した女だと思った。だが、篤代の給料ではアパート代を支払えば生活は精一杯のはず、私はせめて住まいだけは提供したいと申し出た。

篤代を灘駅のアパートから大阪の阪急十三駅前のマンションに転居させた。私の通勤経路で立ち寄れるからである。賃貸ではなく分譲マンションを妻に内緒で購入し、篤代を住まわせた。その頃にはバックマージンの金額は更に増えていた。それには篤代も協力してくれていた。蘆甲荘は順調に売り上げを伸ばし、私は社長から益々信頼を得るようになっていた。


私には金が残った、仕事も順調で遣り甲斐がある。しかし、何かが物足りなくなっていた。家庭でもそうだった。二人目の子どもが幼稚園に行くようになった頃、妻がこう言った。

「私も趣味か何かしてもいいかしら？」

「したいことがあるなら、それくらいの金はあるが、家庭は守ってほしい」

「いえ、ちょっと習い事でも……、多少のお金は使いますけど、そんなに浪費はいたしませんし、家でできることにしますから」

妻の咲子は手芸教室に通うようになった。子どもたちを寝かしつけると私が帰るまで、刺繍をしたり編み物をしたり、手先が器用であったので、何でもすぐに上達していった。私が篤代のマンションに寄って、帰りが遅くなっても咲子は熱心に手芸をしており、その光景は楽しそうであったかのように私には見えていた。

Ⅳ　ニューＫＯＢＥホテル

「東野さんはアイデアマンなのですね。篤代さんも頭がいいし、お二人は公私共に素敵な関係だったのですね、いいなぁ」

旺子は煽てるのが上手いと思った。そんな旺子に私は篤代の面影を重ねていた。


ある日私は社長に呼ばれた。

「社長、何でしょうか」

「タカ、蘆甲荘をよう頑張ってくれたな、今度は神戸のホテルに行ってくれへんか？」

「神戸のホテルって、ニューＫＯＢＥホテルですか？」

社長が数年前から経営しているホテルだった。最上階は丸い回転展望台になっておりレストランがあった。今でもその名残がある建物は、須磨区にあるＳ遊園の回転展望閣である。

私はニューKOBEホテルの和食料理長として赴任した。社長は必要な従業員は連れて行ってもいいと言ってくれたので、篤代はもちろんのこと、調理場は三番板の栗田を一緒に連れて行った。二番がいなくなっては店の切り盛りが困ると思ったからだ。

仕事に対して、何かが物足りなく感じていた私にとって、この転勤は自分自身の転機であるような気がした。神戸のホテルとなると海外の客も多いだろう、和食がホテルのメインになるよう、そして私がその頂点に君臨することを夢見て赴いた。

しかし、ニューKOBEホテルはいくら社長の経営傘下であったとしても独特の営業方針があった。蘆甲荘は私が新規開業を担ったので私の想い通りにできた。だが、ここでは昔からのやり方があり、自由にできない風土があった。それに私は課長という肩書がついた。

蘆甲荘のような料理屋ではない。ホテルという格式が高い厳しい会社組織だった。学歴のない私にとって、毎日の幹部会議や部下への考課業務は苦痛でしかなかった。そんな私を篤代はフォローしてくれていた。ワープロやパソコンなどない時代、字が汚い私の代わりに書類等に関しては篤代が代筆してくれていた。栗田は大学を卒業していたので、会議の資料や議事録を作成するのはお手の物だった。

社長に毎日の売り上げやらを報告していたお陰で幹部会議そのものは理解できていたが、料理人は料理を作ってなんぼのもんやという時代ではなくなったのを思い知らされた。だが、ホテル勤務がマイナス面ばかりではなかった。私はついている男だ、バックマージンだけはホテルといえども料理屋の時と同様だった。ホテルになると仕入れの規模が違う。私に支払われるバックマージンの金額も一桁違っていた。これで徳島の家族や篤代にも楽をさせてあげられる、私は精力的に仕事をした。

「チーフ、まずは蘆甲荘と同じキャンペーンでやりましょう」と篤代は言った。ホテルでは私のことを料理長とは言わず、チーフか課長と呼ばれていた。

キャンペーンは蘆甲荘でやっていたものを真似た。マダムたちへのランチ、カップルには回転展望レストランのディナー、高校野球観戦団体客の受け入れ、これらはこのホテルでは今までどれもやっていなかったので、またたく間に売り上げが伸びた。しかし、同じことをやっていては飽きられる。私と篤代は次のアイデアを考えた。

神戸港からクルーズ船を出して、ビュッフェ形式の料理でお客様に楽しんでもらう企画を提案した。昼食、アフタヌーンティー、夕食の1日3便とした。これも毎日盛況だった。クリスマス料理のデリバリー、おせち料理では和洋中折衷がお客様に喜ばれた。私は和食の課長から昇進して副総料理長にまでなっていた。ここまで登り詰めた私にとって総料理長まであと一息だが外国人客が多いこのホテルではフレンチが優勢を保っていた。

神戸の街は素敵な所だった。外国人が多く住んでいることもあり、異国情緒のある街並みが好きだった。ファッションに関してもお洒落な店が数多くあり、とりわけ好きだったのはトアロードにある西河洋装店だ。だが、商品の殆どがイタリア製で私には高級過ぎて手が出せなかった。

そんな時にホテルの常連客でオーダーメイドの洋装店をしている社長と知り合った。その社長は自らバツ2だと言っていた。今の奥さんは3人目、20歳も年下である。店の縫製をしていた子に手を出してしまったとあっけらかんと話す社長に好意を持った。最初の奥さんとは会社の縫製の女の子に手を出したのがばれて離婚した。2度目の奥さんはその時に手を出した縫製の女の子だった。彼女は嫉妬心が強く、若い縫製の女の子に対して嫌がらせをした。自分も縫製上がりだったので、夫の浮気は必ずあると思っていた。

彼女は若くて綺麗な従業員には嫌がらせをするようになった。縫製だけでなく、他部署の若い女子従業員も次々と辞めていく。困った社長はとうとう2度目の奥さんに慰謝料を払って別れてもらった。しばらく独身だったが、やはり縫製の女の子に手を出してしまった。

「私はあきませんわ、女が好きやさかい……」

同感だった。そんな飾らない社長とは公私共に付き合うようになった。社長の店でオーダーメイドのスーツを月に3〜4着は作った。私だけではない、篤代にも咲子にも作ってあげた。

「チーフ、私はこんな高級な服はいりません」と言いながらも、篤代は父の洋装店で働いていたこともあって、ファッションセンスは良かった。私は女性がお洒落に無頓着なのは嫌いだ。着飾るというのではなく、自分を表現でき、楽しんでいる姿を見るのが好きだった。篤代はどんなファッションにも挑戦し、楽しんでいた。逆に妻の咲子は田舎育ちなので、着る物には無頓着であった。いくらオーダーのスーツを妻に作ってあげても嬉しそうではなかった。

妻は私に対して衣食住の食には気を使ってくれていたが、それ以外の気遣いはなかった。多分、田舎ではそんな生活はしていなかったのだろう。子どもたちが大きくなった時に言われたことがある。

「お父さんはオシャレにお金をかけて、もったいない……」

多分、咲子が子どもたちに言っていたのだろう。男は外で働いている。私はホテルの副総料理長だ、スーツを作って何が悪い。お前らは誰のおかげで食べていけているのだと思っていた。

この時に妻は3人目の子どもを身ごもった。皮肉なことに篤代も妊娠させてしまった。

「チーフ、私の不注意です。本当に申し訳ありません」私はまたもや同意書に署名、捺印をしてしまっていた。これ以上、篤代の身体を傷つけることはできない。私は精管結紮術（パイプカット）を受けた。

この時で私たちの身体の関係が最後になってしまった。篤代は健康診断でウイルス性肝炎を指摘された。

「チーフにうつしてはいけないので、できません」

篤代は頑なに関係を拒んだ。そんなことくらいでは感染はしない、もし感染しても私は大丈夫だと言っても篤代は決して受け入れなかった。

「チーフが女性のことでお困りなら、他の方とお付き合いをなさっても私は構いません。でもこれからもチーフのことはお支えしますから」

とは言え私は妻のある身、その上パイプカットまでしたのだから妻に妊娠させることはない。女性に困ることはないのだが、篤代は男女の関係以上の精神的な心の支えで私には必要だった。

ニューKOBEホテルの経営は順調だった。和食部門に若い弟子たちが大勢増えた。私は弟子たちにかつて自分が親父から学んだことを教えることに遣り甲斐を感じていた。

そんな時、大阪のK調理師学校から講師の依頼を受けた。私が料理人になった頃は自らが好んでこの職業に就く者は少なかった。私自身もそうであった。しかし、時代と共に料理のジャンルも多様になり、専門化していった。この学校も女性のお料理教室から調理師専門学校になり料理人は専門職として認知されるようになった。

「調理師学校の卒業生をこのホテルで採用することで人員確保につながります」と会社に説得して調理師学校の非常勤講師になった。この学校には約20年間勤めた。最終的には非常勤でありながら主任教授という立場だった。

「へぇ〜凄いね、東野さんて凄い人なのに全然自慢しないのが凄いよね」と旺子は相変わらず持ち上げるのが上手い。

「芸能界の人たちもホテルには大勢来ていたな、社長がその道の人だったからな、その頃の芸能界は今でいう反社会的な人たちと持ちつ持たれつの関係があったんや。綺麗な女優とヤリたかったら、金さえ出せば幾らでもできたんや」

「へぇ〜、だから昔の人は芸能界に嫌な感情を持っていたのね」

「歌手の○○、女優の××はそうしてのし上がったんや」

「イメージまる潰れだけど、芸能界で残っていくには仕方なかったのね」

旺子はいつも私の話を楽しそうに聴いてくれていた。それが私にとって自分の人生を振り返る時間になっていた。


「東野さんの会社の社長さんって、凄い人だとわかったけど、今でいうならどんな感じの人かしら？」

「そうやな、社長のような人は今の時代にはおらんなぁ、旅役者から苦労して芸能界の黒い太陽までのし上がった人や。頭も良いし、人を使うのが上手やった。社長が手掛けた全国の料亭の女将たちは皆社長の愛人やった」

「へぇ〜、奥さんとは揉め事にはならなかったのかしら？」

「あほやな、自分の女に店をやらしたら、女は一生懸命頑張る。金も逃げへんていうのが社長のやり方や。社長の奥さんも社長と同様に役者上がりやったから、芸能界のことは重々承知していた。社長夫婦は男と女を超えた魂の結びつきやったんやと思う」

「じゃあ、東野さんと岸さんみたいですね、素敵ですね」

そうか、私と篤代は魂の結びつきだったのかと、旺子の言葉に単純に納得していた。

調理師学校の卒業生が次々と私の弟子になり、ホテル経営も順調であった頃、３番目の子どもにも手がかからなくなった。ある日妻がこう言った。

「私も働きたい……」

咲子は徳島で高校を卒業し、デパートの販売員を3年くらいしかしていない、そんな専業主婦など正社員としての働き口などないだろう、私の稼ぎが無いなら兎も角、月に50万円以上も渡しているのに何が不満なのだろう。

「働きたいって、今の俺の稼ぎでは不満なのか？」

「そうではないの、自分で働いて自分のことは自分でやりたいと思って、あなたにいつまでもおんぶに抱っこは申し訳ないと思って……」

私には理解できなかった。給料の全ては妻に渡していた。それをどのように使おうが構わない。子どもたちのため、自分のため、私たちの老後のため、結婚して今日まで妻には金で苦労させたことはなかった。それなのに自分で働いて私の世話になるのが嫌だと言うのか。私には篤代という愛人がいることで後ろめたさがある。だからというわけではないが、妻には自由にさせてあげたいと思っていた。それは私が妻を別な感情で愛していたからだ。

「レジのパートで働くのも今更無理だろう、何なら喫茶学校にでも行って、自分で喫茶店でもすればいい」と言ってしまった。私には不本意であったが、そうすることで妻が納得するだろうと思っていた。

喫茶学校に行った妻は飲み込みが早く、何をするにも要領が良かった。喫茶学校の講師から開業すれば必ず繁盛するとお世辞を言われ、卒業すると喫茶店をしたいと言い出した。私は仕方なく物件を探すことにした。喫茶店くらいでは面白くない、やるなら儲けなければ、と自分の想いを重ねてしまっていた。当時、私たち家族は千里の団地から転居し、篤代のいる十三の近くに分譲マンションを購入し家族で住んでいた。篤代の住まいとは目と鼻の先である。

咲子は自身が高校しか卒業していなかったことにコンプレックスを持っていた。その上夫は中卒だ。千里の団地にいた頃はご近所さんの夫は〇〇銀行の部長だの、××大学の助教授だのと肩書の優れた人たちの集団だった。そんな団地での生活は咲子にとっては、肩身の狭い思いだったのだろう。通勤に便利な場所に転居を提案した時に咲子は大変喜んでくれた。子どもたちの教育環境が良いというのが第一の条件だった。大阪の第一学区、北ノ高校に近いマンションを選んだ。転居先の最寄り駅は篤代と同じ阪急十三駅だった。私と篤代は神戸三宮から二人で帰り、篤代のマンションに寄ってから帰宅するというコースになった。

篤代は肝炎ウイルスに感染していると分かってから、私とSEXはしなかったが、一緒に食事をしたり、テレビを観たりと普通の夫婦のような時間を持っていた。篤代といると心が穏やかになる、自分の全てをさらけ出せた。

私にとってホテル勤務は毎日が緊張の連続だった。妻の咲子は私の仕事を理解することは無理だろう。田舎育ちでデパートの販売員を数年経験しただけだから、社会のことは何も知らなかった。それを責める気持ちもないし、私の所に来て、私の世話をして、3人の子どもを産んでくれたことは感謝している。篤代は自分の生い立ちから自分の人生は自分でやり抜く覚悟を若い時から持っている女だった。篤代は私の全てを理解した上で私に無理を言うこともなく、ただ私の手足として動いてくれていた。

「チーフが大切ですから……私はチーフについて行きますから……」

篤代とは体の関係は無くなってしまったが、それ以上に精神的な結びつきが深くなっていた。篤代は私にとって、母親か姉か妹かそのどれも当てはまるだろうし、当てはまらないかもしれないが、私にとって最も必要な女だった。

妻の店を探すにあたり、まず立地条件を考えた。喫茶店は初めから考えていなかった。これからの時代、サラリーマンに受ける飲食店なら、「うどん屋」か「そば屋」だろう。妻には昼間のうどん屋をさせることにした。店の場所は尼崎だった。尼崎駅は一部上場企業の会社が軒並み揃っていた。しかし、妻は嫌がった。

「あなた、尼崎なんて下町、私は行きたくありません。子どもたちにしっかりした教育をするためにここに来たのではありませんか？」

「お前が店をやりたいと言うから俺は考えたんや、子どもの教育だけに専念するなら今のままでええやろ、尼崎のどこが悪いんや、立派な会社がこぞって工場を持っている。そこで働く人たちがどんだけおるんか知っているんか、昼の食事や仕事が終わっての一杯がどんだけその人らの明日のやる気になっているんか、俺はそんな人らの力になりたい、料理は人様を幸せにするんや、そんな気持ちで俺はやっているんや」

私は初めて咲子に熱い想いを語っていた。

「あなた、ごめんなさい。私は田舎育ちの上に世間知らずで、あなたの苦労も知らず、ただ自分のことばかりで……。お店は諦めます、子どもたちを一生懸命に育てますから、お店のことはなかったことにしてください」

と咲子は言ったが、私には後に引けない事情があった。すでに店舗の契約をしてしまっていた。

「尼崎の物件を契約した、店舗付き住宅や、来月には引っ越しするし、店もオープンする」咲子は自分から言い出したことなので私に従うしかなかった。


尼崎駅前に開店した咲子の店は「むぎこ庵」と名付け瞬く間に繁盛した。最初は昼間だけのうどんとそば屋として始めた。ランチタイムは行列ができるほどだった。それは私が仕込んだ出汁のおかげだ。これは企業秘密なので誰にも教えなかった。もちろん、咲子や篤代にさえも……。

「あなた、お客さんがこんな美味しい店なら夜もやってくれって、会社帰りに一杯飲んで帰りたい、たまには宴会に使いたいって」

「そうか、そりゃ良かった」しかし、夜の営業になると咲子とパートのおばさんでは成り立たない。
「あなた、ご贔屓にしてくださっている町内会長さんが昼間の会合に使いたいって」
店舗付き住宅だったのを改装し、店は夜も営業できるようにした。2階、3階は宴会の客を取れるようにし、私たちの住まいは近くのマンションに移った。

当時はまだ居酒屋ブームではなかった。そんな時に少人数から宴会のできる店、それもオーナーのママさんのご亭主がホテルの副総料理長となれば店は益々売り上げが伸びた。咲子は私との約束どおり子どもたちへの教育はきちんとしてくれていた。どの子たちも学校の成績は良く、誰に対しても優しい性格のいい子に育っていた。子どもの頭の良し悪しは母親からの遺伝子だと聞いたことがある。子どもたちは咲子の遺伝子を授かったからであるとあらためて咲子に感謝の思いを持った。

店が手狭になってきた時、路地を隔てて、右隣の店舗が売りに出た。私はすぐに買うことにした。元々は散髪屋の店だったので、改装するには時間も金もかかった。しかし、オープンすれば、すぐに元は取れた。時代がそれを欲していたのだろう。居酒屋、宴会、合コン、パーティー、お客様の要望に全て応えていた。面白いくらいに売り上げは伸びた。

咲子は変わっていった。金ができても満足しない、くだらん高価なものを買ってくる、私には理解できなかった。

「今日は宴会の予約が10件入っています。私一人では無理です」

「なら、ホテルから人を寄こすから、弟子を二人行かすから大丈夫や」

私はホテルの仕事をしながら咲子の店、というより自分の副業を優先していた。

店の表に出るママさんである咲子は誰からも愛される人柄であった。逆に裏で経営を切り盛りしている私は客の前には出るのが苦手だった。昔からそうだった。私は酒が飲めなかったので、カウンターのある店で働くのは地獄だった。

「兄ちゃんも一杯どうぞ」

客にしてみれば普通のことだろうが、酒が飲めない私にとっては苦痛でしかなかった。新店舗のむぎこ庵にはカウンター席を設けなかった。料理人と顔を合わせることができないように調理場は客席と全く隔たった場所に設置した。それに引き替え、咲子は接客が上手であった。デパートの販売員をしていたからかもしれないが、咲子の対応は媚もなく、嫌味もなく、綺麗な声で気持ちが良かった。私は咲子に嫉妬心を抱いていたかもしれない。

ある日、咲子は酔っぱらって帰ってきた。咲子は付き合い程度の酒は飲めるが、店を開店するまでは飲酒の習慣はなかった。だが、店が繁盛するにつれ、客から勧められて飲む機会は増えていた。真っ赤な顔をして帰宅した咲子に私は言ってしまった。

「お前、飲んだくれて何しているんや！　上場企業の会社の部長さんたちにチヤホヤされて嬉しいんか！　誰のお陰で今の生活ができていると思うてるんや！」

「ごめんなさい、今日はお客さんからのお断りができなくて、本当にごめんなさい」

私は感情が抑えられなくなった。かつて、父が母に対して罵っていた時のように咲子に自分のコンプレックスを叩きつけていた。何度もしつこく咲子を罵った。自分の気持ちが収まるまで……。


私には時々そのようなことがあった。弟子たちがグズグズし、仕事が思い通りに運ばない時は感情が抑えられない。そんな時は怒鳴り散らし、誰彼構わず指図してしまう。アルコール依存症である実の父と同じ振る舞いをしてしまうのだ。幼子が駄々をこねるのと同じだ。私はその時、自分が何を言ったのか、何をしたのかの記憶は殆どない。暴言を吐いた言葉などいつのまにか忘れてしまう。

とばっちりを食った相手はたまらない、一番の被害者は常に側にいた篤代と弟子たちだっただろう。咲子にはそんな場面は見せないようにしていたが、仕事となると私の全てが露見してしまった。言葉の暴力……、父と同じ……、それは私のコンプレックスが原因だった。学歴がないこと、それにもう一つ私には身体のコンプレックスがあった。それは視力が悪いこと、眼鏡では矯正できない、かと言って盲ではない。新聞は何とか読めるくらいの中途半端な視覚障害があった。

「盲学校に行った方がいい」と言う担任教師の言葉に私は自分が視力障害者なのだと知った。私は全盲ではない、普通の生活はできている。何故、中学校の担任はそんなことを言ったのだろうか、今でも分からない。

教師という存在は昔から絶対的だった。今でこそ変わってきたが、昔は教師の生徒いじめがあった。教師の不満の捌け口として、大人しい生徒への嫌がらせがあった。私の家が貧しかったので、反論しないと思ったのだろう。

先生、大丈夫だよ。私は何も言わないから、言ったところで私の進路は変わらなかった。15歳の私の心に刻まれた深い傷、それが、後の私にアダとなった。

Ⅴ　むぎこ庵

ニューKOBEホテルとむぎこ庵の経営が順調に行っていた頃、ポートピア'81を迎えた。ホテルの売り上げは右肩上がりが永遠に続くかのようだったが、それは束の間の喜びであった。それから3年後に社長は逝去した。社長の死後、会社がざわついた。社長夫人と会社の経営陣との間で経営を巡る争いがおこったのだ。私たちのホテルは経営陣か、夫人側かの持ち物になるようだ。ホテルの従業員一同は夫人側を応援していた。しかし、最終的にホテルの経営は経営陣側がやることになった。

その翌年、私が出勤すると突然、経営陣方の幹部が部屋に入って来てこう言った。

「あなたは本日付で解雇です。1カ月分の給料は支払いますからお引き取りください」

えっ?!　ちょっと待ってくれ、いくら何でもあまりにも急すぎる。半年先まで予約が入っている、お客様に何て言ったらいいのだ。どうなっているのだ、今度の経営者は！　お客様のことなど考えてもいない、ただ金だけが目的なのか。

私は憤りを感じざるを得なかった。私自身は解雇になってもバックマージンや副業で幾らかの蓄えはあり何とかやっていけるが、弟子たちや篤代はどうなる。いきなり解雇と言われても……。

夫人側は社長が生前から懇意にしていた盟友の会社の傘下になり経営から退くことになった。もし、ホテルが夫人側の持ち物になっていたとしても経営者は代わっていただろう。どちらに付いても私たちの立場は危ういものだった。ただ、今回の解雇は管理職だけだった。

社長の遺志を引き継いだ夫人は管理職以外の従業員を解雇にはしないでほしいと経営陣側に頼んでいたそうだ。夫人が一番社長のことを理解していた人であり、従業員のことを大切に思ってくれていた。管理職たちはそれなりにやっていけるのを夫人は分かっていたからだ。

篤代や他のスタッフは残ることになったが、雇用条件が著しく悪くなり、自ら退職する者もいた。篤代は他の会社に行く当てもないので、ホテルに残ると言った。私はこの解雇がどうしても納得いかなかったので、私と各部署の管理職たちとで裁判をすることにした。不当解雇として徹底的に闘ってやろうと思った。

私は副業のむぎこ庵で仕事をするしかなかった。ホテルを辞める時、二番で来てもらっていた栗田もホテルでは和食の課長に昇進していたので栗田も解雇の対象になった。私は、栗田をむぎこ庵に料理長として来てもらうことにした。

裁判をしている限り、他部署の管理職たちと連絡を取らなければならない、弁護士との打ち合わせをする時間も必要だ。たとえ再就職したとして、ホテルや料理屋で働きながらの裁判は困難だ。退職当時は名の知れたホテルや旅館、料理屋から料理長として来てほしいという依頼は何件かあった。

今は動くことはできないが、裁判が終われば、もう一度華々しいステージに返り咲きたいと思っていた。その時のために篤代は私に代わって、応募先の履歴書を何枚も書いてくれていた。

「裁判でけじめをつけたいだけや、金目当てやあらへん、俺の料理人としての意地や」そう篤代に語っていた。裁判の決着が付かない限り再就職は難しかった。

むぎこ庵は繁盛していた。これからはこの店を更に大きくしようと思った。ホテルとの裁判も負けることはないように私は自分を奮い立たせていた。

そんな裁判の最中であった。忘年会の予約が100件程入っていた年の瀬、咲子は突然居なくなった。その日、私は早朝から仕入れのため市場に出掛けようとしていた。咲子は自宅で子どもたちの朝食の支度をしていた。普段は昼前には店に来て、店のおばちゃんたちに色々指図をしていたが、昼過ぎになっても咲子は店に現れなかった。家に電話をしても誰も出ない。何かあったのだろうか、不安な予感が頭をよぎった。私は宴会料理の仕込み中で店を空けるわけにはいかなかったので、助っ人で来ていた弟子に家の様子を見に行くように頼んだ。弟子は1枚の便箋を持って来た。そこにはこう書いてあった。

「お父さん、子どもたちへ
突然いなくなってごめんなさい。
私はお店も家族も守ることはできません。
咲子」

咲子の筆跡だった。

咲子を捜すことが本来の私の役目であろうが、宴会シーズンであるこの時は予約のお客様の対応が私にとっては優先順位が高かった。女将さんがいなくなっては店の面子が丸潰れだ。私は咲子の代わりに開店当初からパートで働いてくれていた従業員を女性店長にしてやり繰りをした。それは篤代が提案したことだった。咲子が失踪したのは自分に責任があるかのように、ホテルの仕事が終わると自らも店の手伝いに来てくれていた。

「チーフ、お店は私と栗田さんでやりますから、チーフは奥さんを捜してください」

私は咲子の親戚や友人から少しでも情報を入手し、毎日のように咲子を捜した。ようやく見つけ出したのは3カ月後だった。


咲子は大阪の繁華街にある喫茶店に住み込みで働いていた。

「あなた、ごめんなさい。お店も子どもたちも放っておいて、裕君《ゆう》はどうしている？　お姉ちゃんたちはしっかりしているから大丈夫だと思うけど」咲子はすっかりやつれていた。「私、商売がこんなに大変だと分かっていなかった。世間知らずだったのね。それから、あなたと岸さんのことは初めから知っていたけれど、岸さんの存在があなたの仕事を支えていることも分かっていた。あなたには岸さんは必要な人、でも私は岸さんに嫉妬していた。あなたを私から奪った女だと思っていた」

私は馬鹿だった。咲子は田舎育ちで私の言うことは何でも従うものだと思っていたが、咲子は知っていたのだ。私が篤代の所に寄り、夜遅く帰宅した時でも咲子は子どもたちを寝かしつけると、手芸をしながら私を待っていた。手芸を楽しそうにしていると私は勘違いしていた。咲子は夫が浮気しているのを知り、本当はどれだけ苦々しい想いだっただろう。

楽しそうに見せる……、それが私への精一杯のアピールだった。咲子が店や子どもたちを放棄して雲隠れする理由は全て私にあった。私は咲子とやり直したいと思ったが、咲子がそれを拒んだ。

「あなた、もう終わりにしましょう、私は何とかやっていきます。でも、子どもたちには会わせてください」

私たちは何度か話し合いをした。全て私に責任がある。ただ、私は予約をしてくれていた店の客を大事にしなかったことには憤りを感じていた。

その時は、解雇裁判の真っただ中だった。妻には別れを切り出され、裁判中の身である私は泣きっ面に蜂の状態だった。それから1年半後、裁判の結果が出た、私たちの勝訴であった。私は退職金と休業していた期間の給与を得た。その金は妻への慰謝料とした。

「離婚しようか、お前にはマンションを慰謝料として準備する。子どもたちの世話はそこから通ってすればいい」咲子は承諾した。

裁判も終わり、咲子とのケジメがついたので、私はもう一度、ホテルか料亭で働きたいと思った。花板として返り咲きたい、社長の料理番であった頃のように思う存分料理がしたいという気持ちでいっぱいだった。以前に依頼があった調理師あっせん所に問い合わせをしたが、今はどこもないということだった。自ら数軒の店に面接を受けに行ったが、すべて不採用という結果だった。私の履歴が邪魔をする上、私の理想が高すぎるのでどの店も私など使ってくれることはなかった。

もう一つ、私が裁判をしたことが悪影響を及ぼした。調理師たちの労働条件は昔から厳しかった。修業という名目で時間外労働は当たり前のことだった。店側は私がそれを労働基準局に訴えるかもしれないと思ったのだろう。私は現実を受け止めるしかなかった。自分はもう何処にも通用しないのだと……。

離婚した咲子には子どもたちの世話をしてもらっていた。というのも私ひとりでは店を切り盛りするのがやっとだ。子どもたちの世話までとてもできない、ましてや店の経理や事務仕事まではとても私ひとりでは無理だ。そう言うと篤代がこう切り出した。

「チーフ、お店を会社にしてはどうですか？　会社にすれば、私を事務員として雇ってください」

「岸君は私が独身になったら、私と一緒になってくれると思っていたのに、私と一緒になってくれないのか？」

篤代はペロッと舌を出し、いつものようにフッと笑った顔をしてこう言った。

「チーフ、これからは社長ですね、私は社長の奥さんにはなりたくありませんから……」

そうだろう、私と一生添い遂げたいと思う女はいないだろう、もし自分が女だとして、自分が私のような男と一緒になりたいか、と問われれば答えはＮＯだろう。咲子も篤代も頭のいい女に違いない。私は妻と愛人の二人共に振られてしまったのだ。

仕事のパートナーとして篤代は献身的に私に尽くしてくれていたが私と一緒になるのはどうしても駄目だと拒んだ。当然身体の関係などない。咲子とは子どものことで顔を合わすが、それ以上の関係を持ちたいとも思わなかった。私はまだ男盛りだ、女の肌が恋しい。と言って誰でもいいわけにはいかない。かつてはホテルの副総料理長だったという肩書があり、小さくても会社の社長である私に相応しい女性が必要だ。教養があり、篤代のような美しい肌を持った女性でなければならない。この時、私は55歳だった。

むぎこ庵は咲子が退いてから客筋が変わってきていた。店長が変わればそんなもんだろう、売り上げは極端には落ちていないので、さほど気にはしていなかった。篤代は表には出ないが、店長のサポートとしての役割を果たしてくれていた。

「岸君、どうしても俺と一緒になってくれないなら、俺は別の女性を妻として迎えるがそれでもいいのか」

「社長、何を仰っているのです、私は事務員ですから、社長のお好きなようになさって下さっていいのです」

後になって考えたことだが、この時私は無理やりにでも篤代を妻として迎え入れるべきだった。私の男としての生理的な処理は金さえ出せば何とでもなる。私は最後までこのことを悔やんでならなかった。


私の野望、それは日本の調理業界でトップに立つことだった。しかしホテルから退き、ただの居酒屋の経営者では無理だろう。その頃私は関西にある調理師会では数々の理事を務め、和食の専門書も出しこの道では名の知れた存在だった。

「共繁協友会」、これは私が立ち上げた調理師協会だった。元々は調理師あっせん所「共繁」からのものだったが、あっせん所からの紹介と言うより「協会」という名称の方が重みはあるだろうと思ったからだ。その「協会」を私は立ち上げた。

「共繁協友会」は関西の調理師会では一目置かれていた。日本調理師協会とまではいかなくても関西が食の日本一だとすれば、それは日本一になれたことになると勝手に自負していた。

篤代は私の思いを察し、再就職先を当たりながら、むぎこ庵のやり繰りをしてくれていた。しかし、私も篤代もこれから新しいことを挑戦するには難しい年齢になっていた、私は還暦を迎える歳だった。もちろん、再就職先などなかった。

もう一度、蘆甲荘やニューKOBEホテルの時のような華やかな舞台で料理を作りたい、そんな気持ちもあったが、現実を見据えなくてはならない。

ならば、私はむぎこ庵をただの居酒屋ではなく、全国にチェーン展開し、日本一の居酒屋チェーン店にしようと思った。大手居酒屋の社長に君臨することで、自分がかつての料理番をしていたあの社長のような存在に近づき、自分も日本一になりたいと思っていたのだ。

VI　阪神・淡路大震災

阪神・淡路大震災は私が60歳になる年の1月17日に起こった。その日のことは忘れもしない、夜明け前だった。私と息子は自宅でまだ寝ていた。大きな揺れで思わず起きた。そして、息子にすぐさま言った。

「店を見に行って来い！」

1時間後、帰って来た息子は愕然として言った。

「お客さんのキープボトルが全部粉々や、宴会場も調理場もぐちゃぐちゃになっている、電気はついたがガスは見ていない、もう終わりや」

私は逆にこれがチャンスかと思った。それは数年前から開店当初に比べ、客筋が良くない雰囲気になっていたからだ。咲子の昔からの常連が店を自由気ままに利用していた。飲むと騒ぎ他の客に迷惑をかけていた。前のママさんとは親しくしていたと別の客にマウントを取ることもあり、店長はそれをどうすることもできなかった。そんな時での大震災を逆手にとって、店を再生するのは今がチャンスだと思った。

息子が店から戻ると、すぐに私は従業員の安否確認をし、出勤できる者は店に来てもらった。

「片づけが終わったら、明日から営業するからそのつもりでやってくれ」

こう言った私に店長はすかさず言い返した。

「社長、こんな災害の時に店を開けたってお客さんは来ませんよ」

多分、誰もがそう思うだろう。しかし、私の考えは違っていた。

「何を言うてる、こんな時やから店を開けて、暗い雰囲気を吹き飛ばさなあかん、皆に勇気を与えるんや、こんな時やからこそやるんや！」

店長はぶつぶつ言いながらも翌日には営業できるまで片づけてくれた。そこからが私の本領発揮の舞台となった。

「むぎこ庵は、店をやっているそうやで、社員証があれば、50％引きにしてくれるんやて」これまで来てくれていた企業の社員や下請けが口コミで宣伝してくれた。

篤代の思い付きと私の即行動力は衰えていなかった。社員証のある客に限定することは私が決めた。そうすることで、近隣のサラリーマン中心の店にし、客筋の良くない店という評判を一掃するためだった。

阪神・淡路大震災後を機に地元の労働者が気楽に来られる店として再出発した。社員証があれば50％引き、無くても社員証のある人の紹介なら同様にした。以前はコース料理を注文する客のみ予約を受けていたが、客席だけの予約も引き受けたお陰で開店時間に客はいなくても毎日が予約で満席だった。そうすることで咲子がやっていた頃の常連客は自然と断るようにしていった。

後で分かったことだが、その常連客は他の店からも出入り禁止の輩だった。咲子が根っからの商売人ではなかったので、輩たちはそれに付け込んで咲子に取り入っていた。

その中心人物は中年の女だった。その女と取り巻きの連中は後に尼崎のとあるマンションで日本中を震撼させる事件を起こすこととなった。私は咲子がその輩たちから嫌な思いをさせられていることは知らなかった。店長から聞いたことだが、その連中は開店時間に来て、閉店まで居る。最初は店の従業員にもよくしてくれていた、勿論ママの咲子には常連で特別であるように接していた。ところが、徐々にその女の態度は豹変していった。

店長が言うには咲子がいなくなってからは自分が店の支配者のように振る舞っており、店長を下女のように扱っていたという、もうどうしようもなかったのだと。

咲子はそんなことを一言も言わなかった。多分、相手が上手だったのだろう。その女は咲子に言った。

「ママさん、頑張っているよね、分かるな、辛いよね、旦那さんは奥さんのこと大事にしていないよね」

咲子は洗脳されていった。

咲子が酔っぱらって帰ってきた時に接客していたのはその女だったのだ。

「ママさん、もういいじゃない、私が何とかしてあげるから店は放っておいて自由になったら？」

その女に咲子は従った。置き手紙を残し、その女の知り合いの所に行くように指示されていた。

その女の目的は何なのだろう、むぎこ庵の主になりたかったのか……。

数年後、その女の事件が発覚して彼女が獄中で死んでも私には未だその真意は分からない。ただ、咲子と私が離婚した原因は私であったかもしれないが、そのきっかけを作った人物であったのは確かだ。

むぎこ庵は社員証のある客で賑わうようになり、昔ながらの町内会の馴染みの客も戻って来た。店長を悩ませていたマナーの悪い客は殆ど来ることは無くなった。震災で神戸ほど影響のなかった尼崎はすぐに元通りの経済活動に戻った。神戸方面から通勤している人は会社で寝泊まりすることもあった。そんな人たちに美味しいものを食べさせてあげ、少しでも幸せな気持ちにしてあげたいと思っていた。

篤代は当時、むぎこ庵の近くの分譲マンションに住まわせていた。そこは私の会社の事務所を兼ねていた。地震のあった直後からエレベーターは止まっていた。事務所は11階、肝炎を発症してから身体の弱っていた篤代に階段の昇り降りは大変だったに違いない。私の住まいに来るように言ったが、やはり頑なに拒んでいた。息子の裕が一緒に住んでいたからだ。息子や娘は両親の離婚の原因は篤代だと思っていた。今さら否定したところで状況は変わることはない。

裕は私と同じ料理の道に入った。私たちが離婚する時、裕には私たちの住まいのどちらに住んでもいいと言ったが裕は私を選んだ。末っ子で母親にはベッタリだったのに、何故私を選んだのかはわからなかった。中学を卒業すると、私が主任教授をしていたK調理師専門学校に行きながら店も手伝っていた。その頃、栗田は自分自身で独立し、実家で割烹料理屋を開業することになった。裕はまだ修業の身、いくら居酒屋とはいえ裕を料理長にはできないので、ホテル時代の私の弟子たちに順次助っ人に来てもらっていた。

その中でも飛び抜けて優秀な男がいた。彼の名前は「永松芳樹《ながまつよしき》」と言った。私がニューKOBEホテルにいた頃の最後の弟子であったが私はあまり記憶になかった。だが、栗田が推してきた。

「親父さん、永松はできる奴です、何とか仕込んでやって下さい」

栗田の後に来た弟子たちはホテル勤務だったというプライドがあり、居酒屋を馬鹿にしていた。そんなプライドはここには要らない。うちに必要なのは客のニーズに合わせられる料理人だ。


永松に会うのは初めてではなかったが、ニューKOBEホテルでの記憶がなかったので、うちの店に来て初めて私は永松と話をした。私は衝撃を食らった、彼の顔が芳豆そのものだったからだ。

「ご両親は？」

「両親は数年前に亡くなりました。父は調味料の会社をしていたのですが、大坂歌舞伎座が取引を止めたのをきっかけに業績が悪くなりました。結局、廃業して母が亡くなりその後を追うように父が亡くなりました」

私は確信した。この子は芳豆の子どもだと……。

「なんで、うちに来ることになった？」

「僕が幼いころ、母がよく言っていた言葉があります。

芳君、料理はな、人を幸せにするんや、美味しいもん食べたら誰もが幸せな気持ちになるやろ……。

僕は高校を卒業する時には父の跡を継いで父の会社をやろうと思っていました。大学に進学しましたが、何かが違うと思って、両親に言いました。僕は人を幸せにする仕事がしたい、料理の学校に行かせてくださいって
せっかく、大学まで行かせてもらったのに自分が進む道を自分で決めたいなら自分で何とかすればいい、親に頼るなんて以ての外だと私は思った。

「両親は理解してくれました。特に母は後押しをしてくれました。僕は大学を中退し、T調理師学校に行きました。本当は親父さんが主任教授をしていたK調理師専門学校に行きたかったのですが、通学しやすかったのとT調理師学校の方がその時は有名だったから両親が納得すると思ったからです」

過保護な親だと思った。私の時代には自分の進路など自分で決めることなどできなかった。私が主任教授をしていたと言っても、その学校は花嫁修業のお料理教室あがり、その当時はT調理師学校が時代の最先端を担っており、校長はテレビ番組にもよく出演してい

た。

「T調理師学校を卒業する時、母からニューKOBEホテルに行きなさい、そこの副総料理長の東野さんに仕込んでもらいなさい、と言われました」

芳樹は母親が私のことを知っているとは思ってもいなかった。ましてや私に仕込んでもらいなさいと言ったことに驚いたようだ。

「お母さんのお名前は？」

「母は、永松芳子《ながまつよしこ》と言います。父は永松裕樹《ながまつやすき》です。僕は両親が歳を取ってからの子どもだったので、本当に大切にしてくれました。僕の名前は二人の名前を取って芳樹《よしき》と名付けたと聞いています、もし女の子だったら裕子《やすこ》だったのでしょうね、可笑しいですが微笑ましいです」続けて芳樹はこう言った。

「母が芸者だったということも知っています。父と母は同い年、父の店が取引していた料理屋で母と出会ったそうです。二人は何処かで会ったような感じがしてお互いが話しかけたそうです。

『もしかして、芳子ちゃん？』

『もしかして、裕樹君？』

二人は、中学校時代の同級生でした。二人とも独身だったので、それから急速に親しくなったようです。結婚したのは両親が40歳だったと聞いています。二人が結婚する時には父方の祖父母からかなり反対されたと父から聞きました。それでも母は嫁としての義務をきちんと果たしました。家業の醤油屋を醤油だけでなく、父と共に調味料一般を扱う会社にしました。名の知れた料理屋やホテルにも仕入れてもらえるように段取りしたのは母でした。会社は、売り上げを順調に伸ばしました。母は仕事をしながら、嫁として祖父母の介護をし、最後まで看取りました。祖父母は亡くなる時に母に感謝と謝罪を言ったそうです。その後、母自身も癌を患いながら祖父母を見送った直後に自身も逝きました」

そうか、芳豆の本名は「芳子」だったのか、芳樹は今24歳、芳豆が43歳の時の子どもだ。もし、芳豆が生きていたら67歳、芳豆は私より7歳年上だったのか、芳豆は20歳前に芸者になったと聞いている。13歳で京都祇園の置屋の仕込みになり、そこから芳豆は中学校に通ったそうだ。芳豆の生家は貧しく、置屋に身売り同然で入ったようだった。仕込みから舞妓になり、18歳で芸者になった。芳豆はよく言っていた。

「うちはしょんべん芸者やあらへん、芸を売りにしているんや、女を売りにしてないさかいな……」

私が和歌山から帰った時に芳豆のアパートにいた男は芳豆の新しい男だと思い込んでいた。私は芳豆のアパートをよく見ていなかった。男がそこに住んでいる形跡など何もなかった。

かった。芳豆といた男はただの来客だったようだ。私は嫉妬心からその男を芳豆の男だと思ってしまっていた。

それにしても、私たちは不思議な縁がある。息子の「裕《ゆう》」が芳豆の夫の名前「裕樹《やすき》」と同じ字だった。もちろん、私は芳豆の夫の名前など知りはしなかった。裕には姉が二人いたが、兄はいなかったので芳樹を兄のように心から頼りにするようになった。

咲子が家を出て行ってから私と裕は必要以外に会話はしなかった。元々幼い頃から咲子にべったりだったので、私には心を開いていなかった。何故、裕が離婚した時私の方に付いてきたのかは分からなかった。私は咲子がお父さんに付くよう言ったのだと思っていた。そうしたほうが経済的には安定するだろう。だが、裕は小さな頃から料理の道に進みたいと咲子に言っていたようだった。息子が私の背中を見ていたのかと思うと、嬉しさと気恥ずかしさで私の口元はついついほころんでしまうのであった。

芳豆が置屋の仕込みを終えたのは14歳、15歳で舞妓になった。17歳の時に水揚げの話があり、旦那が付いた。しかし、その旦那は年を取り過ぎて、いざという時に役に立たなかった。それではあまりにも格好が悪い。その旦那は息子である付き人にその役割を命じた。息子は困ったが、絶対の権力者である父には逆らうわけにはいかなかった。その息子こそ、芳豆の初めての男であった。芳豆は水揚げの相手が老翁だと聞いていたが、実際は若い男が来て驚いた。どうしていいのかわからず困っている芳豆に彼はこう言った。

「私は何もしませんから、しかしあなたの旦那さんとは床入りしたということにしておいてください。私は旦那さんの付き人です」

旦那の息子は芳豆と会話をするだけで本当に何もしなかった。芳豆が緊張しないように楽しい話題や、息子自身の子どもの頃の話などをしてくれた。その内容は芳豆にとっては今まで知らなかった世界、おとぎの国に連れて行ってくれているかのようだった。芳豆は旦那の息子の虜になった。彼と会っている時が芳豆には自由で楽しく過ごせる唯一の時間であり、彼が来てくれるのを心待ちにしていた。

旦那は舞妓だった時の芳豆を見初めてから芸者にするまでの過程を楽しみたかったようだ。舞妓を身請けするには大金が必要だった。金持ち老翁は心臓を患っており、女性と関係を持てる身体ではなかった。老翁は水揚げができるだけの金があるのを世間に誇示したかっただけなのだ。それは彼が元々は貧困層からの成り上がりだったからだ。貴族や華族のような由緒正しい家柄ではないが、必死で働いて築き上げた富と財産を世間に認めてほしかったからだ。

旦那は何度か来てくれていたが、その度に息子が対応していた。舞妓は旦那が付くと芸者になり、一本立ちをしなくてはならない。芳豆は置屋に居ることはできなくなったので、置屋の近くに部屋を借りた。いつしか、息子とはその部屋で逢瀬を交わすことになり、二人は結ばれた。

その数カ月後に旦那は亡くなった。芳豆はホッとした反面、自分はどうなるのだろう、これから一本立ちをするために旦那に付いてもらったのにと思案していた。中学校にあがる時に置屋の仕込みとなり、親に頼ることもできず、この道でしか生きていけないことはわかっていた。

芳豆は自分のこれからの人生は誰にも頼らず生きていかねばならないと思った。そんな時、旦那の息子が芳豆の部屋を訪ねて来た。

「私は父のように甲斐性も金もありませんが、芳豆さんのことは心底大切にしたいです。私には妻も子どももおります。恋とか愛とかはよくわかりません。でも、私は芳豆さんが愛おしい、大切にしたい。妻は父が決めた結婚相手でしたから、逆らうことはできませんでした」

旦那の息子が次の旦那になるには金が必要だったが息子自身には金はなかった。というのも、旦那の息子は五男で末っ子、父親である旦那にとっては一番可愛らしい存在であったので溺愛した。溺愛息子が将来困らないようにと資産家である知り合いの娘と縁談を進めた。その娘は息子より8歳も年上で離婚歴があった。見合いの席では相手方はもう決まったかのようなはしゃぎ振りだった。

旦那の息子は不審に思っていたが、お互いの家を護るためにこの結婚は必要なのだ、と父親から言われると黙って従うしかなかった。見合い後の初デートで息子は妻になる娘に思い切って聞いてみた。

「あなたが前のご主人と別れたのは何故ですか？」

「あら、単刀直入に聞くのね。いいわ、その方がサッパリしていて。前の夫とは性格の不一致よ、あんな人と別れてせいせいしているわ」

価値観の違いならわかるが、性格の不一致は全ての人がそうだろう。全く同じ性格の人間なんてこの世の中には自分以外にはいないのだから……。

息子は父親の命令通りに見合い相手の婿養子となった。だが、婿養子に入ってすぐに息子は妻の家の者たちが何かを隠していることを不審に感じていた。

妻は気性の激しい女だった。現代《いま》ならパーソナリティー障害と言うのだろう。この時代ではそれはただの我が儘な性格、それはお嬢様育ちだからと思われていた。息子は自分勝手な妻に全く頭が上がらなかった。毎日その言動に振り回され、妻の思い通りにならないと罵声を浴びせられていた。下僕、奴隷のような扱いを受ける。そうかと思えば、子猫のように従順に可愛らしく振る舞い、声まで違う。その変わりようは何かに取り憑かれているかのようだ。いくら父のためとはいえ、何とかこの生活から逃れたいと思っていた。

息子にとって芳豆と逢っている時が唯一の安らぎであり、芳豆も同様だった。旦那が亡くなっても二人の不倫関係は続いていた。

ある日、夫の不倫を知った妻が芳豆に手切れ金を渡しに来た。

「義理の父のお陰で私ら夫婦はえらい迷惑をしています。夫は義理の父の命令であなたと関係を持っただけです。旦那が亡くなってあなたも大変だと思いますから、こちらもそれ相当の慰謝料を払います」そう言って30万円を差し出したが、芳豆は受け取れないと言い張った。しかし、妻はこう言った。

「年季明けの資金は義理の父が返したはずですから一本立ちの資金にしてください。それにあなたは遊《あそ》び女《め》ですから、まともな結婚はできないでしょ。お金は頼りになると思いますけど、男よりずっと頼もしいと思いますけどね……」とあざ笑うかのような微笑みを浮かべた。

遊び女……、芸者は売春婦ではなく芸を売ってお客をもてなす、いわば接客業の専門職だと芳豆は思っていた。辛い仕込み時代から舞妓になるまでの厳しい稽古事、毎日が修業であるが、そんな自分を誇らしくさえ思っていたのに、不倫相手の妻にそう蔑《さげす》まれて悔しかった。だが、反論しても無駄だ、逆に金を受け取ればこのプライドの高い女は納得するのだろう。

もう関わりたくない、もうあの人とも会わない、自分はこの道で成功してみせる、そのために金を受け取る。芳豆はそう自分に言い聞かせ、金を受け取り男と別れた。

それから、芳豆は仕込み時代のお姉さんからの紹介で大阪に移り、とあるお茶屋さんを紹介してもらった。一本立ちしたとはいえ、まだ20歳にもなっていなかった。この先は生涯芸者としてやっていくことを覚悟した。

私と芳豆が別れてから芳豆は誰とも一緒に生活はしていなかった。ただ食事に行ったり、映画を観たりするボーイフレンドたちを新しい男として周りが認識していたのだろう。芳豆が年下の男をペットのように扱っていたというのは私の誤解だった。

確かに私と芳豆は身体の関係はあったが、私をペットのように扱ったことはなかった。むしろ、私を育ててくれている母のようだった。自分のアパートに住まわせるにはそれなりの理由があったのだろう。私の私物を処分してほしいと言った芳豆は年上の男から捨てられた時の悲しさを思い出したくなかったからだろう。

後になって知ったことだが、芳豆の初めての男は私によく似ていたとお茶屋の下働きのおばさんから聞いたことがある。芳豆が大阪に来てから、その男は数回お茶屋に訪ねて来ていたようだ。芳豆も男も逢いたい気持ちは一緒だった。お互いに忘れることはできなかった。だが男は数年後、自らこの世を去った。芳豆と私が出会う1年前だった。

芳豆が紹介されたお茶屋は姉が芸者、妹がお茶屋の女将をやっていた。客筋も良く繁盛していた。姉はその芸だけでビルを何軒も持てる程の実力がある人物だった。芳豆はお茶屋の姉妹にも大変気に入られ、可愛がられていた。芳豆はそのお茶屋からすぐに贔屓の客を得、毎日が忙しい日々を送っていた。忙しく働くことで最愛の人を忘れようとしていた。たまたま芳豆が休みの日に食事に来ていた時に私と出会ったのが運命だった。

芳豆は驚いた。若いとはいえ、かつて愛した人にそっくりな男が目の前にいる。これは神様からの贈り物に違いない。芳豆は愛しい人を失った悲しさの穴埋めをするかのように私にのめり込んでいった。

あの時、大坂歌舞伎座で芳豆と一緒にいた男は後に芳豆の夫になる人であった。

「うちな、この人と一緒になるんや、この人なこちらの社長はんのお店にお醤油を入れている会社をやっていますんや」

そう言っていたことを思い出した。その時は、調味料の会社の社長に取り入った芸者が女を武器に社長夫人になったのだと思っていた。そうではなかったのか、芳豆は本当の幸せを手に入れたのだ。私はそれを嫉妬するわけでもなく、心から祝福したいと思った。そして、私は芳豆の息子が目の前にいることに不思議な縁を感じていた。


芳樹のお陰でむぎこ庵の料理の味が格段に上がった。芳樹の身の上は私と芳樹だけの秘密にしていた。裕にはホテル時代の最後の弟子とだけしか言わなかったが、裕は芳樹を実の兄のように慕い、二人は本当の兄弟のように仲がよかった。もし、私と芳豆との間に子どもができていたならこんな感じだったのかもしれない、私たちは料理を通じて不思議な「縁」と「幸せ」を感じていた。

震災の後に来てくれた芳樹はむぎこ庵の救世主だった。客筋も企業のサラリーマンが中心となり、売り上げも伸び安定していった。従業員を増やしたので、篤代は店に出ることはなく、経理や事務作業に専念できるようになった。

しかし、それも長くは続かなかった。芳樹は両親が亡くなった後、秘伝の醤油造りに興味を持った。和食には醤油が命と言っても過言ではない。芳樹の祖父母の時代までは代々続く醤油屋だったのだから無理もない、和食職人となった孫である芳樹があらためて醤油の虜になった。祖父母が残した先祖代々のレシピはある。

「親父さん、すみません。僕はやはり醤油屋の息子です。両親や祖父母が大切にしていたものを引き継ぎたい。僕にしかできないことだと思います」そう言って芳樹はむぎこ庵を後にした。

Ⅶ　もう一度

旺子は父親の介護をしながら、ひとりで娘を育てていた。会社ではその部署のマネジャー、言わば課長としての立場だった。女性だけの職場であったので、男には分からない色々な問題があったようだ。仕事のできる彼女を妬む旺子の同期の女性がいた。彼女とは入社も同じ時期、同じ部署であったので親友と言えるほど仲が良かったが、旺子がマネジャーに抜擢された時から彼女の態度が豹変した。逆パワハラというか、旺子は毎日のようにその同期の女性から嫌がらせを受けていた。

そんな時に私と知り合った。旺子が言うには会社帰りに駅で若いお兄さんからポケットティシューを貰った。そこに電話番号が書いてあった。出会い系だと知りながら、変な感じだったら切ればいいと思って何気なく電話したら、私に繋がったのだと言う。

旺子に出会うまで私は大勢の女性と付き合った。私と共に人生が歩める私に相応しい女性を探し求めていた。この世の中は男も女も多種多様だ。金だけが目当ての女もいる。遊びだけを求める女もいる。学歴や肩書だけを価値にしている女もいる。

旺子が求めていたものは違った。安らげる相手、一緒にいて何も喋らなくても安心できる人を探しているのだと言った。分かるような気がする、私と篤代の関係だなと思った。私たちは毎晩のように電話で語り合い、２カ月後に会うことになった。

大阪駅前にあるホテルのロビーで待ち合わせをした。旺子はベージュのワンピースを着ていたが、あまりにもスレンダーでワンピースが宙に舞うような出で立ちだった。私は大柄でふっくら女性は苦手だが、旺子のあまりにも痩せているのには驚いた。しかし、会って話をすると電話の時のように落ち着く。聴き上手であり、私を和ませてくれる女性だった。

「失礼だと思いますが、体調は大丈夫ですか？　私は太っているから、こんなデブは苦手かと思いまして」

「ごめんなさい、私は数年前に病気をしまして……、今は回復に向かっております」

私は旺子が電話でのイメージとはまるで違っていたので驚いた。電話の声はハツラツとしており、活き活きとしていた。それは彼女が営業の仕事をしているからだとその時気づいた。私が勝手に旺子像を創り出していただけなのだ。

「こんな、太った男は嫌いだろうな」

またも同じことを言ってしまった。若い頃の私は栄養失調でガリガリに痩せていた。芳豆が私に旨いものを食べさせてくれたお陰で標準的な体型になったが、中年を迎える頃にはメタボになってしまっていた。昔の私の面影など微塵もないただのデブ親父だった。

「大丈夫ですよ、私はぽっちゃりマッチョが好みですから」

旺子は電話の時のように楽しそうに話し出した。ホテルのレストランでは彼女はあまり食べなかった。仕事が原因で食事ができなくなり、これでもたくさん食べられたという。食事のあと、大阪の街を歩いた。旺子は突然私の手を握ってきた。これは逆ナンパ?! 私は旺子に言った。

「その気がありますか?」

「ありますけど……」

私たちはラブホテルにいた。それから旺子との付き合いが始まった。


旺子は職場での逆パワハラが原因で体調不良になり会社を辞めた。自宅療養をしている時に私は申し出た。

「結婚を前提にうちの店に来てもらえませんか? 旺子さんの体調が悪いのはわかっていますが、私の妻になる限り店に出ないのは従業員の手前もありますので、カタチだけで十分ですから」

旺子は少し考えさせて下さいと言った。それから旺子からの連絡は途絶えた。いきなり、結婚前提とか、店に来てくれとかそんなことを言われれば、誰もが躊躇するだろう。多分年齢が離れていること、それと私のような体型の男は嫌なのだと思っていた。私は別の女性を探すしかなかったが、また一からプロセスを踏むのは面倒だった。それに日々むぎこ庵の仕事に追われ、婚活をする時間の余裕はなかった。


半年後、突然旺子から連絡が来た。

「父の病状が良くなかったので、連絡ができませんでした、ごめんなさい。私は別の会社で働きましたが、やはり体調が悪くて、また退職しました。東野さんのお店で使っていただけませんか？　素人の私ですが、営業はできますから……」

翌月、旺子にむぎこ庵の店長として来てもらうことにした。前の店長は永松（芳樹）が辞めた後に自らも退職を申し出ていたのを後任が来るまで何とか延ばしてもらっていた。

「永松さんが店の切り盛りをしていらっしゃる時はよかった。でも、社長の坊ちゃんには付いて行けません。私など店長は務まりません」

芳樹が辞めてから、裕は荒れだした。自分が料理長にでもなったかのような態度を取り、社長の息子であることで従業員に威張り散らしていた。私の前では「はい、はい」と従順で大人しくしていたが、私が居なくなるとその態度は豹変するのだと店長は報告してくれていた。威張り散らす息子に対して、従業員たちは副社長だの次期社長だのとチヤホヤしていた。そうすることで息子は機嫌が良いので、ただ煽ててはその場を収めるだけだった。私の育て方が悪かったのかと情けなく感じた。

そんな裕でも心はまだ子どもなのか、時々母親である咲子の所に行っては、子どもの頃の好物であるオムライスを作ってもらっていたようである。幼い頃は咲子のように誰にでも優しく素直ないい子であったが、裕の性格は私の遺伝子を受け継いだようだ。それと私たちの家庭環境がそのようにさせたのだろう。

このような状況の時に旺子を店長として迎えるには私にも覚悟はいった。もし、半年前に結婚を前提に店に来てくれていたら旺子への不信感はなかっただろう。この半年間、私との連絡を絶ち切って何をしていたのか、彼女の言うことが真実なのかは分からない。別の男と付き合っていたかもしれないし、金に困って私に何とかしてくれと言ってきたのかもしれない。とはいえ、店長がいなくなった今は店の経営を考えなくてはならなかった。

客商売が長い私は、店長が商売ずれしていない方が客は新鮮に思うかもしれないと考えた。旺子のことはまだよく分からなかったので、取りあえず店のことを手伝ってもらって、それ以外は私の性的処理の女として利用すればいいくらいに思っていた。それに私は視力が弱いので運転免許証は取れなかった。旺子は車の運転ができたので、私の運転手として使うつもりだった。旺子には金さえ出せば、あとから文句は言わないだろう。旺子だって、こんな年寄りと付き合う限り金が目当てだろう、持ちつ持たれつだと思っていた。

篤代には旺子を店長として店に入れ、そのうち一緒になるかもしれないと言った。本心ではなかったが、篤代を試すために言ったのかもしれない。

篤代は微笑みながらこう言った。

「社長がそう思うならそうなさったらいいと思います、旺子さんがお店に慣れるまで私が全てを引き受けます」

私は自分が言った言葉を恥じた。篤代にまたもや重荷を引き受けさせてしまったからだ。

むぎこ庵では、客から板前が変わったのか？　味が違うというクレームは毎日のようだった。その頃には居酒屋に来る弟子もなかったので、私自身が厨房に入ることにした。毎日、朝早くからの仕入れと仕込み、ラストオーダーまでの立ち仕事は還暦の私にとっては心身ともに厳しい状況だった。

だが、不思議なことに旺子を店長として迎え入れようと準備し始めた時、私は何故か若返ったように感じた。自分でも訳のわからない感覚だった。旺子はただのSEXフレンドで、店のために利用しようとしているだけだったはずだが、何故かワクワクしていた。

旺子のために空き家にしていた職員寮のマンションをリフォームして私と住めるようにした。家具も新しく買い揃えた。そんなソワソワする私に篤代はこう言った。

「社長の巣作りが始まりましたね、私の時もそうでしたから、楽しんでください。私も応援しますから」

篤代には何もかも見透かされていた。

旺子が初めてむぎこ庵に来る日だった。店より先に改装したマンションに案内した。

「社長さん、私は家から通いますから……」

「それでも構わないが、遅くなった時には此処を使えばいい」

そんなことを言いながら、私は下心ありありだった。なるたけ旺子の帰宅が遅くなるよう、営業中にもかかわらず暇な時間があると旺子をマンションに呼び出していた。

「店長は社長の奥さんになる人だから私たちは従っておかないと」従業員はそう言って旺子を立ててくれていた。篤代が根回ししてくれていたからだ。しかし、面白くないのは息子の裕だった。自分に何の相談もなく、素人の女を店長にするなど考えられなかったのだろう。

裕は事あるごとに旺子に対して嫌がらせをしていた。旺子はその意味が何だか分からなかった。今までの営業の経験では裕の言っていることは理解できない、それでも飲食業はそうしなければならないと思って裕には逆らうこともなく、自身は嫌な思いをしながら私との関係を保ってくれていた。

篤代は初めから裕が旺子に嫌がらせをすることが分かっていたのだろう。旺子が店に来てから旺子にはずっと付きっ切りでいてくれていた。

「社長はこれがお気に入りですから……」

「社長の売りですから……」

篤代は自分の全てを旺子に託していた。

旺子が店に来て早々に、早速私は新車を買った。店の仕入れやら、調理師専門学校の送り迎えの車として使うためだった。旺子は嫌な顔などせず、むしろ喜んで運転してくれていた。とりわけ楽しそうにしていたのは中央卸売市場に仕入れする時だった。早朝から彼女は化粧もせず車を出してくれる。薄暗い市場の中を私の後をせっせと急ぎ足で追いついて来る。時に鮪屋の前で解体を面白そうに見ている姿は子どものようで可愛らしかった。市場の食堂が珍しいのか、いつもキョロキョロ周りを見ながら楽しそうに定食を食べていた。私はそんな旺子が次第に愛おしくなっていた。ただ利用しようとしていた自分の気持ちを否定した。

この女ならやっていけるかもしれない……。

私は旺子に篤代の存在を全て話した。昔からの経理事務員かつ本当は私の愛人だったことも……。しかし、今は経理の仕事をしてもらっているだけで男女の関係はないことも言った。旺子もそれは理解してくれていた。

ある日、篤代と私が事務所で二人きりでいる時、旺子が訪ねてきたことがあった。旺子は違う空気を感じたのだろう。篤代との仲は夫婦を超えた絆で結び合っていたことを旺子は理解してくれてはいたが、現実を目の当たりにしたので自分はどうすればいいのだろうと思ったようだ。

「ごめんなさい、お邪魔だったようですね」旺子はバツが悪そうに言った。私たちはとっさに取り繕った。

「来月、税務調査が来るから打ち合わせをしていた、旺子さんは立ち会わなくていいから」必死の言い訳のようだった。旺子も大人だ、すぐに笑顔で答えてくれた。

「私、まだお店にも全然慣れていないのに税務調査なんて経験ないし、でも良かった、立ち会わなくていいし、篤代さんがいてくれているから安心です」

私は旺子と共に会社を経営したいと思っていたのでこう言った。

「これからは、旺子さんにも少しずつ会社のことを学んでいけるように無理のないように、私もフォローしますから、一緒にやりましょう」

そう言う私の傍らには篤代が嬉しそうに笑って頷いていた。


元愛人と、今の彼女、三角関係ではあるが三角の底辺がしっかり根付いた関係になっていった。旺子は篤代を慕っていた。篤代は旺子を妹のように護っていた。全国各地に愛人を抱えていたかつての私のボス、大坂歌舞伎座の社長は女たちをこうして同盟にさせていたのだ。女たちはお互いに誰をも嫉妬するわけでもなく、自分たちの役割を理解していた。愛する人の夢のために尽くそうとする、社長はいわば宗教の教祖様のような存在だったのだろう。こうして創り上げた社長の夢が現実になり、日本の経済発展に貢献していた。

社長の会社がこれだけ大きくなった理由、それは社長の人柄、人徳、そして社長の奥さんの懐の大きさだ。浮気だの、愛人だの、不倫だの、そんなことはどうでもいい。男は自分の夢を果たさなければ男ではない。社長の奥さんを含め女たちは愛する人の夢を叶えさせる為ならば、女でも男でも協力してもらわねばならない、皆がひとつになってこの男を成功させたいと思ったに違いない。


私の女性選びは、自分好みの体型と性格、それに尊敬できる女《ひと》でなければならず、誰でもいいというわけにはいかなかった。自分のことは棚に上げ理想だけは高かった。

私が本気で愛した女は、芳豆、咲子、篤代、旺子この4人だ。多分、この4人は四者会談があっても仲良くするに違いない。そんな場面に出会いたいものだ。4人の女性は私にとっては素晴らしい、容姿は飛び抜けて美人というわけではないが、共通するのは背丈が私より低く、どちらかというと小柄で痩せている、両手で抱くとスッポリと嵌まる感じだ。それに加え彼女たちには男を包み込み安心させる共通点があった。私をそれほどまでにさせる女性というもの、それは神様の贈り物だと思っていた。

Ⅷ　篤代との別れ

旺子が店に慣れてきた時だった。

「社長、昨日私が店の表を掃除している時に、駅前の居酒屋の女将さんがうちの店は閉めるからお宅で後をやってほしいって言いに来ました」

「そうか、旺子はどう思う？」

「あのお店はうちより駅から近いし、車で来てもＪＲやバスで来ても便利な場所にあるから、お酒は飲めなくても、ファミリー層や会合にも使えると思います」

私は旺子の意見に賛成だった。

翌年には「むぎこ庵」の新店舗として駅前の居酒屋を開業した。咲子が最初に開店した店からは３店舗目だった。その店舗どれもが賃貸ではなく私名義のものであった。その理由はただ単に家賃を払うのが勿体ないと思っていただけだ。後になってそれが災いになるとは思ってもいなかった。

旺子と篤代、私との三角関係でどの店も順調だった。私はチェーン展開をしたいと思っていたので、3店舗の仕込みは2番目に開店したむぎこ庵で全てをやっていた。息子の裕もそれに従っていた。本来なら料理職人はラインの調理をすることにはジレンマがある。だが、裕は元々働き者ではないこと、創作や応用する能力はなかったので、ラインの仕事が性に合っていたのかもしれない。時代は居酒屋がブームになってきており、むぎこ庵の近隣には別の居酒屋チェーン店が乗り出していた。これではうちが遣られてしまう、そう思っていた矢先に取引先の銀行から情報を得た。

駅前のK工場の跡地に大型ショッピングモールができます。そこにテナントとして入りませんか、ということだった。私は悩んだが、テナントでは毎月の家賃を払わなければいけない、自分自身のビルは持てないか、そこを食堂ビルにできないか、そんなことを考えていると、別の不動産会社から連絡があった。駅直結にビルが建つ計画がある。お宅の食堂ビルにピッタリではないか、銀行からの融資も大丈夫だと言う、私は有頂天だった。

結局、そのビルもテナントという条件だったので諦めた。不動産というものは相性とタイミングがある。無理に売買するものではない、というのが私の持論だ。相手方から来るまで待つ、来るもの拒まず、去るもの追わず、これも私の持論だ。

それから数年後に駅前にあるビルが売りに出された。前回のテナントより条件が良い、地下1階、地上5階、駅直結ではないが、駅のバスターミナルを通れば、雨の日でも傘を差さずに来ることができる。これまでは旅行会社や歯科クリニックやらがテナントとして入っていた。何故格安で売りに出されているのか、不動産屋に確認したところ、それは心理的瑕疵ありのいわば事故物件だった。誰もが入れるビルであったので、屋上から飛び降りがあった。かなり迷った挙句に購入の契約をした。いわくつき物件であったので、それなりのセレモニーは必要だった。

入居していた会社や事務所、医院も退去してもらった。私はこのビルを私の人生の集大成にしようと思っていた。地下はカラオケができるラウンジと倉庫、1階は居酒屋、2階は宴会場、3階は個室の日本料理店、4階は事務所兼従業員室、5階は私と旺子の住まいにする図面を描いた。耐震については追加の工事で許可が下りた。宴会場は100人の客が収容できる。駅前でそんな団体客が取れる店はなかった。私は蘆甲荘の時のように昼の団体客が何回転もするさまを思い描いていた。

私は蘆甲荘とニューKOBEホテルでの思い入れをそのままこの食堂ビルに注ぎ込んだ。元々骨董品好きな私は客室の内装にこだわり、装飾するもの一つひとつが完璧でなければならなかった。それが借金をより重くしていたが、私にとってはこれが私自身の生きた証しになるからには自らが納得しなければならなかった。特に什器や食器に関しては、私自身が買い付けに行き、特注したりでかなりの金額が掛かったが、元は取れる自信はあった。

改装工事が始まって間もなくの頃、篤代が切り出した。

「社長、申し訳ありません。私の病気が悪化しているようです。これから先は社長のお力にはなれません。私はこれまで社長に最初のお願いはしたことがあります。でも、それからは何もお願いはしたことはありませんから最後のお願いをさせてください。

社長、最初のお願いは覚えていますか？」

「岸くん、いや篤代が最初に願ったのは何だった？」

「社長お忘れですか、私が初めて社長にお願いしたのは、抱いてほしいと言ったことです」篤代は昔のようにペロッと舌を出して言った。

「では最後の願いは何だ？」私には篤代の言いたいことがわからなかった。

「私は、肝硬変末期の状態です。いつどうなるかわかりません、最後は実家の大分で暮らしたいと思っています。兄も姉も承諾してくれています」

篤代はC型肝炎から肝硬変までになっていたのだ、それを私に言うまでもなく自分一人で抱えてきたのか……。済まなかった、篤代に頼り切っていた私のせいだ。

「篤代、俺が最後まで面倒を看るから大分に帰らず、ここにいてほしい」

　私は心からそう思った。

「社長、それは無理です。社長が私の面倒を看ることなんてできません。私が此処にいれば、社長は私に頼るでしょう、それにはもう応えられません。どうか、私を自由にしてください」

「旺子には言ったのか？」

「いいえ、何も言っておりません。それは社長の役目だと思いますけど、私はあくまでも会社の事務員ですから……。

　事務所として私がいたマンションは今度のビルの内装資金の一部にしてください。もう事務所は必要なくなりますから、それに私には大分の父からの財産分与の土地があるので、その処分もしなくてはなりません。自分の最後は自分で始末しておきたいのです」

　それから数カ月後、篤代は大分の実家に戻った。実家に戻った篤代は兄や姉、親族と共に暮らしていた。病気と向き合いながら徐々に弱っていく自身の身体、篤代自身は自分の最後は自分で始末するという信念を持っていたが、本心はさぞ心細かったに違いない。だが、私には決して弱音は吐かず自身の役目を果たそうとした芯の強さには頭が下がる思いだった。

篤代からの便りがあった。通院しながら、穏やかな日々を送っている、旺子さんは大丈夫かという内容だった。篤代の後を担った旺子は篤代の分までしっかりその役割を果たしてくれていた。しかし、息子の裕とは上手くいかなかった。私がビルの準備で店に出られなくなると、裕は以前のように従業員に威張り散らしていた。客が立て込み忙しくなると旺子にまで当たり散らすので、旺子は以前のように体調が悪くなっていった。私が間に入ることで裕を黙らせていたが、旺子の体調は日に日に悪くなる。原因不明の発熱、食欲不振、不眠や眩暈、それでも旺子は篤代から引き継いだ仕事だけは決して手を抜かないように頑張ってくれていた。

「篤代さんから頼まれたから、私が頑張らないと……」と言う旺子の身体は、初めて大阪駅前のホテルのロビーで出会った時のように衰弱しきっていた。

「旺子は店に出なくてていいから、篤代から引き継いだ仕事だけでいいから」と言っても、旺子は開店時間になると店に立っていた。その出で立ちは飲食店の店長としてはあまりにもみすぼらしかった。

そうさせたのは私だ、私は篤代を病気にさせた上に旺子まで同じようにしていた。旺子のことは店に来るまではよく分からない女だと思っていたが、店長として来てくれて、真面目によく働いてくれていた。その上、私との関係も本当の夫婦になれるよう努力してくれていた。私は旺子に篤代と同様に甘えてしまっていた。

その甘え……、とうとう旺子にも私の本当の姿を見せてしまった。それはほんの些細なことだった、旺子が予約を取った宴会の客が当日になっても来ない、15人ほどだったが、料理は一人1万円の予算だった。

「店長、ちゃんと確認はしたのか？」

「はいしました。２日前には人数のキャンセルはないと仰っていました」

「どこの会社や？」

「いえ、会社ではなく個人の宴会だと仰っていました」

「そんな確認だけで済むか！　一番高い宴会料理やないか！　仕入れだけでも大損や！どんだけ店に損害与えたと思うてるんや！」

それから私は旺子に何を言ったのか覚えていない、多分モラハラ、パワハラの言葉を浴びせたのだろう。気が付くと、従業員たちの前で旺子は私に土下座をして謝っていた。

「社長、本当に申し訳ありませんでした。私のミスですから仕入れの弁償はいたします。それと責任を取って、今日限りでお店は辞めさせていただきます」そう言って旺子は大阪の実家に戻って行った。

私はまたやってしまった。かつて、父が母や私たちを罵っていた時のように私自身の感情が抑え切れなくなる。裕や昔からの従業員たちはまた社長の病気が出た、くらいに逃げていたが、旺子は体調が悪い上に私の直球を浴びせられたので耐えられなかったのだろう。謝らなければと思いながらも食堂ビルの準備に追われ旺子を迎えにも行かなかった。

後で分かったことだが、旺子が予約を受けた客は他の店でも一番高い料理を注文してはドタキャンする常習犯だった。旺子はその電話番号から住所を探し当て、家まで行ったそうだが、本人には会えず、年老いた母親が対応したそうだ。

「息子がまたやらかしましたか、済みません。お幾ら払えばいいでしょうか、私にはこれが精一杯です」と言って3万円を差し出したが、旺子は受け取らなかった。ただ、警察には被害届は出した。だが、警察は何もできなかった。証拠不十分、本人が否定……。

駅前のビルが完成する直前、その訃報が入った。

「篤代が亡くなりました」

篤代の兄からの電報だった。私は何も考えられなかった。思考と感情が停止したまま身動き一つ取れなかった。気を取り直し、私は私に言い聞かせた。すぐにでも大分に駆け付けるのだ。

篤代が荼毘に付される前にその亡骸を抱きしめ、ふっと笑った口元を撫でてあげたかった。大分の篤代の兄に連絡を取ったが、葬儀は家族葬で行うため親族以外の出席は断られた。篤代のエンディングノートにはそう書かれてあったそうだ。最後まで私のことを想い私に全てを尽くしてくれた最愛の女だった。

篤代がいなくなってその有り難さが身に染みて感じる、手放すのではなかったと後悔するばかりだった。私に無償の愛を授けてくれた篤代のことは何があっても忘れるわけにはいかない。篤代の希望どおり事務所兼マンションは売却し、ビルの改造費に充てたが借金はマンションを1戸売ったくらいでは済まなかった。この食堂ビルでもう一度私は昔の私のように思う存分料理をし、日本一の料理人にならなくては篤代の死が浮かばれないと自分に言い聞かせていた。

食堂ビルの改装中に実家に戻った旺子には一つ借りがあった。それは銀行融資の保証人になってもらっていたことだ。

「食堂ビルの開店を一緒に見届けたかった。篤代さんと社長と三人四脚でここまで来ました……。ごめんなさい、私は社長の足を引っ張っています。でも、社長とは食堂ビルの夢を一緒に叶えたかったです。こんな私を今まで大事にして下さってありがとうございました」

私のモラハラに耐えかねて旺子が実家に帰る際の言葉だった。今更済まない、と謝ったところで元には戻れないだろう。旺子がむぎこ庵に来てから、度々私は旺子に無理難題を言っていたようだ。それは旺子を篤代の代わりのように感じていたからだが、篤代ほど信頼はしていなかった。それが旺子にも通じたのだろう。

私は旺子が実家で休養し、体調が回復したらもう一度戻って来て私との生活を、と考えていた。しかし、旺子はそうは思わなかったようだ。私自身も篤代が亡くなり気分が沈んでいた上、食堂ビルの準備に追われていたので、次第に旺子に対する気持ちは薄れていった。

旺子が実家に帰ってからはそれっきりで連絡が途絶えた。携帯に何度かけても繋がらない、銀行融資の保証人は息子に名義変更したということを伝えたくて何度も携帯に連絡したが繋がらない。着信拒否をしていたのか携帯番号を変えたのだろう。実家の電話は解約され繋がらなかった。

実家には旺子の母親と旺子の娘がいた。介護していた父親はすでに亡くなっていた。旺子の母親は私たちの関係を良くは思っていなかった。それを旺子の娘に言い聞かせていたので、私と旺子の娘との関係も上手くいかなかった。

旺子の娘は時々私たちを訪ねてきてくれていた。旺子によく似た可愛い子だった。特に後ろ姿は全く同じで母娘《おやこ》がこれだけ似るのかと他人を見て納得した。というのも、従業員から裕の後ろ姿は社長とそっくりと言われていたからだ。

「おじさん」と旺子の娘は言う。本当は「おとうさん」と呼んでほしいが、彼女にとって、私はお爺さんくらいの年齢だ。それを「おじさん」と呼ばせていたのは旺子だった。

旺子は実家に戻ってから、徐々に体調は回復し、母親と娘の生活を支えるために別の仕事に就いた。元々彼女はどんな仕事でもこなせる頑張り屋だったので、仕事は順調だったようだ。

ただある日、悲劇が旺子を襲った。娘が自宅マンションから飛び降りた。その時は命に別条はなかったが、数日後脳死になった。その事件はニュースで見て知った。旺子に何度も連絡したが、やはり携帯は繋がらなかった。

済まなかった、娘まで亡くして、さぞ辛かっただろう、私が原因なら許してほしい。旺子のことはそっとしておく方がいいのかもしれない。時間が経てば、もう一度連絡してくるかもしれないと淡い希望を持っていた。


駅前食堂ビルがオープンした矢先だった。海外からの感染症が日本中を激動の渦に巻き込んだ。飲食業は営業時間の規制や休業を余儀なくされた。当時の予約は全てキャンセルの上に長期にわたる休業で従業員は辞めてもらうしかなかった。ようやく営業再開の目途が立っても従業員もいない店では宴会の客は取れない。地下のラウンジなど営業したところで客は一人も来ないだろう。家族だけで細々と1階の居酒屋をやるしかなかった。

食堂ビルをオープンする時に旺子の住んでいた従業員用のマンションと先の3店舗は閉店し、売りに出していた。なかなか買い手が付かず売り上げもなく困り果てた末、とうとう息子の裕さえも辞めてもらった。裕は食堂ビルを開店する時に結婚した。ゆくゆくは私の後を継ぎ、嫁と二人で店を切り盛りさせるつもりだったが、こんな状況では息子夫婦の生活もままならない。結局、嫁は元々いた会社に再就職し、裕は大手の居酒屋チェーン店で働くことになった。

今まで私の店では威張っていた裕だが、これからは自分が一番下っ端、そんな経験をさせてくれたのは感染症のお陰かもしれない。

私は食堂ビルの借金返済に明けくれていた。本来なら、今頃は団体客の予約で埋め尽くされていたはずだ。こんなことは私の人生の中では未だかつてなかったことだ。

何故、今、この時に……。

長引く暗い影に私の気持ちも重く沈んでいった。

昔、母に言われた言葉を思い出した。

「孝之はいつもそんな札束抱えて大丈夫か？　金は大事なもんやけん、輪ゴムなんかで留めたらバチが当たる。そないなことしたら、いつか金に困ることになるじゃろ。母ちゃんは心配じゃ」

母の心配が本当になった。それと共に迷い犬「カロ」のことを思い出した。金持ちが上手くいっている時は車やペットは自分本位で持ち満足しているが、その生活が破綻すると一番先に犠牲になるのはペットなのかもしれない。その当時は自分のこととは思ってもいなかったが、私はカロの元飼い主と同様な立場だ。金の工面の為には何とかせねばならなかった。

裕がいなくなったので、私は辞めた店長を呼び戻し、夜には裕の嫁も手伝ってくれて何とか営業をしていた。

感染症は収束と再拡大を繰り返し、その度に営業を再開したり休業したりを繰り返した。しかし、毎月の返済は容赦なく来る。私は銀行が貸してくれるという上限まで金を借りていた。借りた当初は返済できるだけの売り上げがあったから銀行も貸してくれていた。こんな状況では返済する当てもない。これからどうやって営業するのかさえ分からない状況だった。そんな時に咲子が連絡をくれた。

「あなた、私のいるマンションをお役に立ててください、子どもたちが私の面倒を見てくれると言っていますのでそのようにしますから」

咲子の好意に甘えさせてもらった。最終的に私自身の家も手放した。先に売りに出していた従業員用マンションと他の3店舗、咲子のマンション、私の自宅はどれも借金が残っていたので、売却してもそれ程の金額にはならなかったが当分は月々の返済には困らない程度の現金が入った。

貸店舗でやっていれば、こんなことにはならなかった。家賃を払うことが勿体ないという理由で貸店舗とせず、全て自己所有の店舗でやってきた私の誤算だ。それと幼い頃からの借家住まいが嫌で自分の不動産を持つことが私の夢だったからだ。それが裏目になってしまった。

この食堂ビルだけは手放したくなかった。だが、感染症は収まらず、店を営業しても客は来ない、借金の返済だけがのしかかる。私は不動産を売った金を何とか運用できないだろうかと考えるようになっていた。

そんな時に知人からＦＸ投資の話を持ち掛けられ、ついついその人の話に乗ってしまった。その知人はずいぶん前に私が再婚相手を探していた頃に結婚相談所の紹介で少しの間付き合った女性だった。年齢は旺子と同じくらいでスラリとした背の高い美しい人だった。高学歴のキャリアウーマンで自分には不釣り合いな感じがして自然に別れてしまった。

再会した彼女は二十数年前と変わらず、すっとした出で立ちで綺麗な女性だった。今までの私なら、こんな状況になって連絡をしてくることに疑問を抱いただろうが、借金地獄で冷静な判断ができなくなっていた。

投資した半年くらいはリターンも入金され、これなら何とかなるのではないかと淡い期待を持った。彼女とは殆どが電話連絡だけであったが、私にとっては寂しさを埋めてくれる存在となっていた。私はとうとう返済に充てていた残りの金をすべて彼女に託してしまった。その直後に彼女とは連絡が取れなくなった。私ともあろうものがいとも簡単に詐欺に引っかかってしまったのだ。篤代ならこう言うだろう。

「社長、儲け話はみんな詐欺ですからね、変な下心持つからですよ」

精根尽き果てた私は、最終的に食堂ビルを売却した。全ての借金はチャラになり、一文無しになった。私が私腹を肥やしたのはバックマージンだ、その全てが今無くなったようだ。元々無かった金なら、無一文になるのは当たり前のことだ。神様はよく見ておられる。人生はプラス、マイナス、ゼロなのだと……。

一文無し……私が徳島から大阪に和食職人として見習いに来た時と同じだった。身一つ、だが私にはこの腕がある。もう一度と士気を奮い立たせたいところだが、もう私には時間がない。84歳、いつ死んでもおかしくない年齢だ。暫くは咲子と同様に長女の家に居候させてもらっていた。別れた夫婦がその娘の家に同じ屋根の下でいる。他人が見れば、二世帯で同居のように見えただろう。孫たちは楽しそうにしていた。このまま、ここで隠居してみるのも悪くはないが、苦労を掛けた咲子と子どもたちにはバツが悪かった。

最後に私は何かをしなくてはこのままで終わるわけにはいかなかった。ある日、私の携帯に着信履歴があった。旺子だった。思わず私は旺子に連絡した。

「社長さん、長い間ご無沙汰してすみません、娘が亡くなって来年で10年になります。少し落ち着きました。今は芳豆さんじゃないけど、以前に付き合っていた方と仲良くさせてもらっています。幸せに過ごしています。社長さんにお礼が言いたくてお電話した次第です」そうか、旺子も芳豆同様に心から慕える伴侶ができたのか。良かった、良かった。

私は歳を取るにつれ、カッとなり自分の言動が抑えられない病気は落ち着いていた。今思い出せば、何故あんなことくらいで怒鳴り散らしていたのか分からない。医学が発達したこの時代なら、あの時の私に治す薬があるだろう。娘家族との暮らしがその薬だったのかもしれないし、無一文、何もかも原点に戻ることが治療だったのかもしれない。

篤代が生きていればこう言うに違いない。

「社長、落ち着いてきたのは男性ホルモンが減ってきたからですよ。もうお爺さんですからね」と笑いながら舌をペロっと出しただろう。

私が愛した女たちはそれぞれ幸せな生涯を送った。篤代は病気で亡くなったが、その最後は篤代のエンディングノートを実行することできっと幸せになっているに違いない。私と関わった全ての女たちも何処かで幸せに暮らしていることを願うが、今娘の家に共にいる元妻の咲子はどう思っているのだろう、それだけが気掛かりだった。

IX　寮　亭

「おっちゃん、ごちそうさん、美味しかったで、さあ、今日も一日頑張るで〜、おっちゃん、行ってきま〜す」

私は大手給食会社の寮の賄い調理人として住み込みで仕事をしていた。

「おっちゃんのご飯はいつも美味しいなぁ、ほんまに料亭の味やわ」

「ここは寮やからな、寮の人たちを幸せにするのがわしの使命やしな、わしは『寮亭』のシェフやからな、なんちゃって……、たくさんの人に幸せになってもらいたいんや、わしの料理で少しでも幸せを感じてもらえたら、わしはいつ死んでもええと思うてるんや」

「おっちゃん、長生きしてな。僕らはおっちゃんの料理が好きやで、日本一の料理人やと太鼓判押したるわ」

「ありがとうな、わしはこれしかできひんからな、料理をしていたお陰でこの歳になってもあまりボケてないと自分では思うてる。耳はちょっと遠うなったけどな」

私が娘の家で居候をして数カ月が経った頃に芳豆の息子である芳樹から連絡があった。

「親父さんほどの腕があるのに勿体ない、僕の知り合いが寮の賄いを探しているから、リハビリくらいに思ってやってみてくれませんか？」

私は嬉しかった。芳樹は両親が亡くなり、自分で事業を起こしても私のことは忘れていなかった。「私がお役に立てるなら、そのお話は進めてください」と芳樹に言った。


「おっちゃん、僕ら今日は残業で遅なるから晩ご飯はいらんよ、外で食べてくるから、おっちゃんは早よ寝て、明日の朝ご飯は美味しいもん食べさしてな」

「何言うてるんや、ここの寮の子たちは皆わしの子どもたちや、子どもに晩ご飯食べさせへん親がおるかいな、遅なってもかめへん、ちゃんと用意はしとくさかいな、晩ご飯はお前らの好きなハンバーグやで」

「やったー！　なら、外で食べんと帰って来るわ」

「片づけだけは頼むわな、もう歳やから早よ寝るしな……」

私は自分の料理を食べて、幸せだっただろうか、私自身はどうだったのだろうか？

今、この寮で寮の子たちと同じメシを味わってみた。

「美味い！」

誰にも負けない幸せな味だ。自らが作り、自らが食し、その味わい深さに涙した。それは単純に美味しいものを食べた時の嬉しさと感謝の気持ちだ。

目を閉じると聴こえてくる。

「お客様、３名様ご来店です！」

「オーダーです！」

ガヤガヤした料理人が往き交う囁き、あの匂いと温度、時に皿の割れる音、親父の怒鳴り声、あの風景がスローモーションで蘇る。華々しい調理場は次第に私の記憶の彼方に遠ざかって行く……。

４時起床。

「あなた、行ってらっしゃい、気をつけてね」

咲子が私を見送ってくれる。寮の食堂横に私たちの住まいはあった。六畳一間の我が家ではあったが暖かいマイホームだった。

「あなたの夢は叶ったのですね、この会社名はドリームランチだったから、一文字違うけど、そこの料理人になったわけだから、師匠にも胸張って言えますね、私も嬉しいです」
「そうか、そやな……」

私は料理以外の日常生活にはそろそろ支障をきたしていた。長時間の立ち仕事は足腰に負担がかかる。視力は元々悪いが、耳はますます聴こえにくくなっていた。中年からのメタボがいつしか糖尿病になり、腎臓の機能は果たさなかった。週に3回、透析を受けるようにまでなっていた。こんな身体にした自己責任だ。私はいつお迎えが来てもいい、延命治療はしない、私は私をやり切った、そう自分を褒めてあげたい。

今、私は幸せだ。

日本中の人たちを幸せにすることはできなかったが、たった一人でもいい、私の料理で幸せになった人がいたなら、DREAMLANDSの料理人になれたと思う。親父さんと芳豆の希望と約束を果たせた。それに元妻が復縁してくれていた。咲子が望んだことだ。

私は感謝しかなかった。

狭い寮の一室が私たち新婚夫婦の住まいだった。かつて徳島から見合い結婚で咲子が大阪に来た時は四畳半だったが、その頃に比べ1・5畳は出世した。私たちはその当時の新婚生活を楽しんでいるようだ。今、咲子は幸せだろうと自分勝手に思っている。それは私も同様、今が一番幸せだ。誰かに幸せをもらうのではなく、私たちがお互いに掴んだ幸せだ。ＤＲＥＡＭＬＡＮＤＳの料理人は、私と咲子、芳豆、篤代、旺子この誰もが欠けてはならない私を支えた女たちが築き上げたものだ。

楽しかったよ、メリーゴーランドのように……。

私は、そろそろ終わる自分の人生に「お疲れ様」と労いの言葉を送る。それは自分自身へと私の人生に関わった全ての人たちへの感謝を込めて……。

ありがとうございました。

私の料理はいかがでしたか？

東野孝之、令和3年5月5日逝去、享年85歳。

この作品はフィクションであり、実在する人物、団体とは関係ありません。

高生　椰子（たかばえ　やこ）

1958年　兵庫県洲本市生まれ、大阪市内で育つ
1982年　大阪府立看護短期大学卒業、看護師国家資格取得。その後は病院、クリニック、訪問看護等さまざまな職場で勤務する。看護師歴約40年
2022年　介護専門学校や介護スクールにて非常勤講師として従事
趣味は低山トレッキング、小旅行。
著書に『終恋』（幻冬舎、2021年）がある。

DREAMLANDSの料理人

2023年10月29日　初版第1刷発行

著　者　高生椰子
発行者　中田典昭
発行所　東京図書出版
発行発売　株式会社 リフレ出版
〒112-0001　東京都文京区白山 5-4-1-2F
電話（03）6772-7906　FAX 0120-41-8080
印　刷　株式会社 ブレイン

ISBN978-4-86641-682-3 C0093
Printed in Japan 2023